KB056804

북마녀의
19금 웹소설 단어 사전

북마녀의 19금 웹소설 단어 사전

웹소설 작가를 위한
'꾸금' 비밀 과외

북마녀 지음

HUDDLING BOOKS

천하제일 유교걸 가슴에도 음란마귀가 있다

러브 스토리엔 '잤잤'이 반드시 필요하다

여성향 웹소설 시장에는 러브 스토리로 데뷔와 계약을 노리는 작가 지망생이 넘쳐난다. 치명적인 러브 스토리에서 두 주인공은 반드시 '베드인'을 한다. 입술이 이마에 살포시 닿는 뽀뽀가 스킨십의 전부라면 그걸 과연 치명적인 사랑이라 부를 수 있을까? 서로에게 열렬히 빠져들었는데 어떻게 손만 잡고 자는 흐름이 될 수 있단 말인가? 그 감정선에 독자 누구도 동의하지 못할 것이다. 15금이든 19금이든 29금이든 '잤(네)잤(어)'은 반드시 등장해야만 한다.

혹자는 이런 이야기를 하기도 한다. 자신은 그런 치명적인 사랑이 아니라 낭만적인 사랑을 그리고 싶다고. 단언하건대, 웹소설 시장의 19금 작품들이 얼마나 낭만적인지 몰라서 하는 소리다. 러브 스토리가 야하면 더욱 낭만적이며, 독자들은 더욱 열광한다.

웹소설 시장에서 여성향 19금은 마이너가 아니다. 공급과 수요에서 상당한 비중을 차지하는 메이저다. 매출 역시 어마어마하다. 북마녀가 얼굴을 내놓고 유튜브 영상에서 19금에 관해 자세히 이야기하는 것도 이 현황에서 기인한다. 19금 여성향 웹소설은 이제 수면 위로 올라선 대중문학 장르다(애석하게도 남성향 19금은 상황이 조금 다르다).

현실적으로 전혀 충족되지 않는 성적 욕구의 판타지가 러브 스토리를 다루는 여성향 웹소설에서 충족된다는 분석에 누구도 토를 달지 못할 것이다. 때문에 현실 세계에서 아무리 '유교걸'을 자처하더라도 러브 스토리를 즐겨 읽는 독자라면 키스 이상의 스킨십이 부재한 작품에서 불만족을 느끼게 된다.

그러므로 여성향 웹소설을 쓰고는 싶은데 현생에서 물리적인 집필 시간이 부족하고 도저히 장편을 쓸 재간이 없다면 19금을 선택하는 것도 비교적 빠르게 데뷔하는 방법 중 하나다.

19금 여성향 웹소설 전문 클래스인 〈북마녀 빨간딱지 웹소설 강의〉를 열고, 원고 피드백을 하고, 제자들이 유의미한 계약 소식을 알려왔지만, 한편으로 뭔가 부족했다. 여성향 씬을 쓰려는 신인 작가들에게 더 필요한 것이 무엇일까. 강의를 하는 동안 19금에서 주로 쓰이는 필수 단어 사전의 필요성을 더욱 강력하게 깨달았다.

단어를 알아야 음란마귀가 될 수 있다

우리 가슴속엔 음란마귀가 한 마리쯤은 분명히 잠들어 있다. 독자라면 가슴속의 음란마귀가 자든 깨든 상관없으나, 웹소설 작가라면 이 녀석을 반드시 깨워야 한다. 어쩌면 녀석은 이미 깨어 있을지도 모른다. 그저 굶주려 있을 뿐.

잠들어 있는 음란마귀를 깨웠다면 이제는 먹이를 줘야 한다. 이 녀석이 먹는 것은 바로 당신의 단어 스펙트럼이다. 웹소설 씬에서 쓰이는 단어를 충분히 확보해야 이 음란마귀가 씬을 만들어낼 수 있는 것이다. 머릿속만 음란마귀면 무슨 소용인가? 그걸 텍스트로 만들어내지 못하는데.

단어 스펙트럼이 넓지 않은 사람은
퀄리티 높은 19금 작품을 절대로 쓸 수 없다!

야한 콘텐츠를 본 만큼 씬을 잘 쓸 수 있다는 건 반은 맞고 반은 틀린 소리다. 야한 동영상을 많이 보더라도, 19금 웹소설을 많이 읽더라도 그들 모두 씬을 잘 쓰지는 못한다. 머릿속에 맴도는 영상을 텍스트로 뽑아낼 수 없는 사람이 태반이다. 왜 안 되는 걸까? 19금 집필을 시도해 본 사람이라면 이미 깨달았을 것이다. 씬 전용 단어와 표현이 얼마나 많이 필요한지.

《북마녀의 시크릿 단어 사전》에서 이야기했듯 씬 역시 체화된 단어가 많아야 수월하게 써진다. 씬에 특화된 단어들을 수집하고 이것들이 몸에 체화되어 있어야 씬을 술술 쓸 수 있다. 두루뭉술하게 야한 생각을 하는 것만으로는 부족하다. 아주 구체적인 음란마귀가 되어야 여성향 웹소설 작가로서 성공의 길이 열린다.

이 역시 자신만의 단어 리스트를 모으고 연습하면 된다. 그러나 늘 그렇듯이 인간은 게으르거나 시간이 없다. 현생과 집필을 병행하기에도 힘들고 인풋할 시간은 좀처럼 나지 않는다. '정말로 읽을 시간이 없는가?' 하고 다시금 물어보며 집요하게 빤히 쳐다보고 싶지만, 적어도 이 글을 읽고 있다면 노력하고 있다는 뜻이니 넘어가겠다(인풋은 중요하지만 인풋만으로 해결되지 않는 부분도 분명히 존재한다).

그리하여 북마녀가 웹소설 시장의 19금 베스트셀러들을 탈탈 털어 여성향 19금 웹소설 집필 시 활용도 높은 단어들을 수집 및 선별했다. 실은 전작《북마녀의 시크릿 단어 사전》을 만드는 동안 19금용 단어도 일정량 채집했으나 편집 과정에서 책 전체의 등급을 맞추기 위해 제외한 단어들도 꽤 있었다. 그러한 내용들을 포함함은 물론이거니와 오랜 시간에 걸쳐 여성향 웹소설 19금 장르에서 잘 활용할 수 있는 단어들을 수집하고, 선별하고, 단어의 의미와 활용 노하우를 다각도로 고민하여 정리해 책 한 권에 모두 담았다.

'씬'이 무엇인지 인지하면서도 잘 써지지 않아 괴로워하던 신인 작가들이 이 책을 선택할 거라고 예상하지만, 19금을 아예 접해 보지 않았더라도 여성향 러브 스토리를 쓰고 싶은 사람이라면 누구든 이 책을 보았으면 한다. 15금을 쓰는 작가들에게 이 책이 필요한 까닭에 관해서는 파트 1에 자세히 적어두었다.

비단 여성향뿐만 아니라, 남성향 19금 웹소설을 쓰는 작가가 이 책에 수록된 단어를 체화한다면 평소보다 훨씬 더 다양한 표현을 활용할 수 있게 되어 집필 부담이 덜해질 것이다. 웹소설 작가 모두가 분량으로 고통받지 않는가. 누구든 분량을 충분히 뽑아내는 데 큰 도움을 받을 수 있다.

북마녀의 가슴속에도 음란마귀가 있다.

그 음란마귀가 남은 정력을 끌어올려 이 사전을 만들었다.

이 사전 속 단어들만 충분히 활용한다면 강렬하고 애절하며 더없이 달뜨는 장면을 능수능란하게 연출하고 묘사할 수 있을 것이다.

이제는 당신이 정력을 끌어올릴 차례다.

목차

Part 1

19금 웹소설 단어 사전

활용법

기성 작가도 '씬'은 어렵다

'씬'이란 무엇인가?

이 책은 내내 '씬'에 관해 이야기한다. '씬'의 정의를 설명하기 전, 드라마나 문학 작품의 구성단위인 '신(scene)'이라는 용어를 먼저 알아야 한다. '신(scene)'은 동일한 시간, 동일한 공간에서 하나의 상황이 진행되는 장면 단위를 뜻한다. 신이 모여서 시퀀스를 구성하고 시퀀스가 모여서 하나의 사건을 구성하게 되는 것이다. 사실 이 문학 용어는 대중이 쓸 일이 거의 없지만, 그렇다고 낯선 단어는 아니다. 드라마나 영화 속 키스'신'이나 베드'신'이 화제가 되는 광경을 우리는 흔히 볼 수 있다. 여기서 이 '신'이 바로 그 '신'이다.

직관적으로 키스신은 키스하는 장면, 베드신은 성관계가 진행되는 장면을 말한다. 여성향 웹소설의 '씬'은 이 개념에서 출발했다.

현재 독자, 작가, 편집자 등 웹소설에 관계된 사람이라면 누구나 성관계 장면을 '씬'이라 부른다. 또한 외래어 표기법에 따라 '신'이 맞지만 웹소설에서는 '씬'이라 통칭함으로써 이를 일반적인 장면과 구별한다. 그러므로 웹소설에서 '씬'이라 할 경우 베드신 즉 성관계 장면을 디폴트로 생각하면 된다.

키스나 포옹만 나오는 장면을 '씬'이라고 정의하지는 않는다. 키스나 포옹으로 '씬'이 시작될 수는 있으나, 정말 끝까지 가지는 않더라도 키스를 초과하는 행동 및 성기처럼 은밀한 신체 부위에 관계된 동작들이 반드시 나와야 이를 '씬'이라 부를 수 있다.

여러분이 원고를 쓰고 담당 편집자와 소통할 때 '씬'이라는 단어를 자주 보고, 듣고, 써먹게 될 테니 이 용어에 익숙해져야 한다.

우리가 씬을 못 쓰는 유교걸이 된 까닭

현대를 살아가고 있지만, 여전히 유교 사회에 갇혀 있는 한국인이라면 '섹스', '자위', '페니스' 같은 단어 앞에서 이유 없는 불안감과 민망함에 눈알을 데굴데굴 굴리는 경험을 하게 된다. 이는 익명 게시판이나 SNS로는 적을 수 있지만 대면으로는 대화하지 못하는 금기 주제다. 대다수의 한국인은 절친한 친구들 앞에서가 아니라면 '섹스'라는 단어를 입으로 말하고 귀로 듣는 경우가 극히 드물다. 여자라면 이 증세가 더 심할 것이다. 여자라면 누구나 겪는 자연적인 증상인 월경조차 '그날', '매직', '대자연' 등 온갖 은유법으로 언급하는 일상을 살고 있지 않은가.

한국 사회에도 원나잇을 즐기고 섹스 파트너와의 관계를 즐기는 사람들은 분명히 존재한다. 하지만 이런 라이프 스타일을 향유하는 이들도 대놓고 그 얘기를 자유롭게 할 수 있는 사회가 아닌데 하물며 그렇지 않은 사람들은 어떨까. 해당 주제를 더욱 부담스러워하고 숨기기 급급하다.

부모님과 TV를 보다가 주인공들의 키스가 클로즈업되거나 주인공들이 냅다 서로의 옷을 벗기며 침대에 쓰러질 때, 누군가는 얼굴이 벌겋게 익고 누군가는 헛기침을 하고 누군가는 괜히 물 마시러 주방으로 나간다. 친구끼리 영화를 봐도 베드신이 나오면 입이 마른다. 살을 맞대는 남자친구에게도 솔직하게 요구사항을 말하기가 껄끄럽다(모든 여자친구가 요구사항을 말하지 않은 탓에 평생 자기가 잘하는 줄 아는 경우도 더러 있다). 이렇게 우리 모두 유교걸이 된 것은 보수적인 사회 탓일 터.

성교육을 받았는데 섹스를 모른다?

한국 사회에서 일반적으로 받게 되는 성교육은 인간의 몸과 자연적인 현상(월경, 몽정 등), 임신 및 출산 등에 대한 정보가 주를 이루며 더 깊은 이야기를 다루더라도 실상 임신 방지를 목적으로 하는 내용이 많다. 즉, 성관계에 대한 정보나 노하우가 아니다.

그렇다면 현실에서 성경험이 있다면 어떨까? 경험 있는 사람이 무경험자보다 웹소설 씬을 더 잘 쓸 수 있을까? 꼭 그렇지만은 않다. 상대가 너무 못하는 바람에 매우 빈약하거나 아프기만 한 경험이었다면 그 경험이 딱히 집필에 도움이 되지는 않는다. 또한, 성경험이 많다고 해도 현실과 소설 속 씬은 다르기 때문에 집필하는 데 큰 영향을 주지 않는다.

반대로, 현실에서는 아예 성관계를 해 본 적이 없더라도 19금 웹소설이나 웹툰을 많이 감상한 사람이 '씬'의 흐름과 용어를 더 잘 알고 더 잘 쓸 가능성이 크다. 출간 제안을 하고 보니 작가가 미성년이어서 잠시 충격을 받았던 경험도 떠오른다(단, 미성년 작가는 현실적으로 계약 과정이 자유롭지 못하다는 점을 염두에 두어야 한다. 19금 작품을 부모님에게 오픈하고 동의를 받는 것은 현실적으로 무리가 있다. 지금 쓰고 있더라도 출판 및 유통은 성인이 된 후로 생각하길!).

그러므로 현실의 성경험은 없든, 적든, 많든 전혀 상관없다. 성경험이 없다는 이유로 씬을 못 쓸 거라고 지레짐작하고 포기하지는 말자. 중요한 것은 지식이다. 정말 성관계에 관한 지식이 전무하다면, 어느 정도는 공부를 해 두어야 한다. 지식도 없는 데다 해당 장면이 나오는 작품조차 접해 보지 않아 씬 자체를 알지 못하는 사람이라면 이 책의 도움이 더욱 더 필요할 것이다.

의도한 것은 아니지만 이 책을 읽는 동안 자동적으로 성교육이 되어버리는 부수적인 효과도 없지 않다. 내용을 차근차근 읽고 숙지한다면 어느새 성에 관한 지식이 풍부해진다. 정확하게 말하면 '능수능란한 성관계'에 관한 지식을 습득할 수 있다(다만, 지면 관계상 설명의 한계가 있어 더 깊고 세밀한 내용은 〈북마녀 빨간딱지 웹소설 강의〉 프로그램에서 따로 다루고 있으니 참고 바란다).

그러나 현실과 소설 속 상황은 다르다는 사실을 유념해야 한다. 이 책으로 공부하며 습득한 지식을 현실의 연애와 성관계에 적용한다면 크게 실망할 수 있다. 현실 세계에서 잘생기고 멋진 피지컬에 절륜하면서 상대를 만족시키고도 전혀 지치지 않는 섹스 머신의 수는 턱없이 부족하다는 사실을 잊지 말아야 한다. 그 잘생기고 멋진 피지컬에 절륜하면서 상대를 만족시키고도 전혀 지치지 않는 섹스 머신을 그려내는 것이 여성향 웹소설 씬 집필의 기본이자 필수 목표다.

장르, 성별, 등급마다 다른 씬의 감성

로맨스와 BL의 씬 형태는 얼마나 다를까?

여성향 웹소설 장르인 로맨스, 로맨스판타지(이하 로판), BL은 모두 러브 스토리를 기반으로 하기에 씬이 들어갈 수 있다. 그런데 로맨스와 로판은 여성과 남성의 러브 스토리지만 BL은 남자끼리 사랑하는 이야기다. 남녀 간의 성관계와 남남 간의 성관계는 어떻게 다를까?

원론적으로 크게 다르지는 않다!
한마디로 구멍은 구멍이고, 꼭지는 꼭지이기 때문이다.

남성과 여성의 신체 모두 머리, 몸통, 다리로 이어지고 가슴 및 엉덩이라고 부를 수 있는 부위가 있다. 그리고 몸통과 다리의 경계 즉 같은 자리에 생식기가 위치해 있다. 그렇다고 완벽하게 같은 신체 구조를 갖고 있다는 건 당연히 아니다. 남녀 서로 없는 부위가 달려 있는 것은 사실이므로 관련 차이는 있다.

우선 자신이 쓰려는 장르가 어느 성별 간의 러브 스토리를 다루는지 확인하고, 그 관계에서 애무를 주로 받는 입장이 어느 쪽인지 생각해보자. 더불어 주류를 이루는 독자의 성별 역시 염두에 두어야 한다.

장르별로 따져 보자면, 남녀 간의 러브 스토리인 로맨스와 로판에서는 여성이 주로 애무를 받는다. 남남 간의 관계를 다루는 BL에서는 둘 다 남성이므로 둘 중 한쪽 남성이 애무를 받게 된다. 그렇다면 애무를 '실행'하는 주체가 주어로 나오는 문장에선 능동적인 동작이 많이 나올 수밖에 없다. 반대로 애무를 받는 입장이 주어라면 '반응'에 관한 묘사가 많이 등장해야 할 것이다.

그런데 BL에서 남성이 남성에게 하는 모든 행위를 로맨스에서 남성이 여성에게 그대로 하는 것은 무리가 있다. 이는 여성향 웹소설 특유의 현상과 연결된다. 같은 독자여도 장르별 감성이 달라지고, 이들은 각 장르를 다른 심리와 관점으로 감상한다. 더 구체적으로 설명하자면, 동일 인물(여성 독자)이 로맨스와 BL을 동시에 즐기더라도 BL에서 하는 특정 애무나 진행 방식을 로맨스에서 보게 되면 심적 부담, 나아가 불호 감정을 느낄 수 있다. 그러므로 장르를 전환하거나 여러 장르를 쓰고자 한다면 이러한 독자 성향을 잊지 말고 구별하여 써야 한다.

여성향 19금은 야설이 아니다?

웹소설을 많이 읽었으나 주로 15금 위주로 인풋이 이루어진 지망생이 여성향 19금 작품을 '야설'과 완전히 동일시하는 경우가 종종 있다. 심지어 여성향 19금 작가 스스로 그렇게 생각하는 경우도 없지 않다.

'야설'이란 단어의 뜻을 정확하게 짚어 보자면, '야한 소설'의 줄임말로 시작하여 성적인 쾌감만 자극하는 내용을 담은 이야기를 뜻한다. 그러나 현시점에서는 문학성이 현저히 떨어지고 기승전결의 진행이 되지 않아 구조적으로 소설의 형태가 되지 못하여 완성도가 부재한 경우를 분리하여 통칭한다. 완결성 있는 스토리의 구조를 따르지 않을 경우, 출판사 계약 및 유통 과정 진행이 사실상 불가능하기에 정식 웹소설 출판 플랫폼에서 이러한 야설을 보기는 힘들다.

웹소설 시장에서는 여성향 장르와 남성향 장르 양쪽 모두 19금 수요와 공급이 이루어지고 있다. 여성향 19금과 남성향 19금은 독자의 성별에 따라 추구하는 바가 현격히 다르다 보니 스토리의 흐름과 세부 묘사, 캐릭터 설정 및 관계 설정 등 전반적으로 큰 차이점을 보인다. 그러나 어느 쪽 장르든 완결성 있는 스토리의 구조를 따르며 중심축을 이루는 스토리라인이 있다면 야설이라고 볼 수 없다. 특히 여성향 웹소설에서 다루는 러브 스토리는 원고에 포함된 씬의 수위가 아무리 높아도 야설이란 딱지가 붙기에는 무리가 있다.

간단히 정리하자면 19금 여성향 웹소설은 씬을 빼도 내용이 이어질 정도로 작품의 전체를 관통하는 스토리라인이 있고, 그 연애가 복잡하게 흘러가는 과정에서 씬이 등장하며, 그 씬의 밀도가 매우 높아 음란하게 느껴질 뿐이다. 또한, 그 스토리라인의 맥락과 흐름과 감성은 여성 독자의 성향을 철저히 따라야 한다.

스토리가 있다고 해도 야한 장면을 만들어내기 위해 단순히 이용하는 설정에 불과하고 씬만 계속 나오는 경우, 독자들이 지루하다고 반응하거나 작품성에 대해 강하게 비판하는 상황이 발생한다. 물론 야한 장면을 만들어내기 위해 소재를 쓰고 정말 씬 위주로 계속 진행되는 작품도 여성향 시장에 다수 존재한다. 그러나 같은 스토리여도 여성향은 여성 독자가 부담감이나 혐오감을 느끼지 않을 만큼 아슬아슬하게 선을 넘지 않는 감정선과 적절한 표현으로 여성향의 감성을 유지해야 한다.

수위가 높은가 낮은가, 모럴(도덕관념)이 있는가 없는가는 크게 중요하지 않다. 낮은 수위는 올리면 그만이다. 비윤리적인 설정을 다루어 모럴이 없어 보여도 어느 정도까지는 19금 시장에서 문제 삼지 않는다. 단지 '이 19금 작품이 여성향 감성으로 쓰였는가, 또는 남성향 감성으로 쓰였는가?'하는 이 문제가 어느 플랫폼에서 프로모션을 받고 들어갈 수 있을지를 결정한다.

간단한 설정 예시로 비교를 해 보자. 남성 4명이 여성 1명과 계속 관계를 맺게 되는 스토리를 쓸 때, 이를 남성향으로 쓴다면 관계성 면에서 여성 1명이 남자들의 우위에 서는 일은 일어나지 않을 것이다. 이 소재로 쓰인 남성향 작품은 대다수의 여성 독자가 읽기에 몹시 불쾌한 흐름으로 진행되기 쉽고, 실제로 그 감성으로 많이 쓰인다.

그러나 같은 소재를 여성향으로 쓰면 어떨까? 관계성은 역전한다. 겉으로는 역전하지 않는 것처럼 보이더라도 감정선을 면밀히 살펴보면 역전되어 있는 경우가 대부분이다. 그야말로 여자 주인공 중심으로 스토리가 흘러가는 것이다. 근래 인기 높은 역하렘물 19금이라면 각양각색으로 멋진 남자들과의 씬이 다채롭게 등장한다. 선택받지 못하여 쓸쓸한 뒷모습을 보이며 떠나는 서브남 없이 다 같이 잘 사는 일처다부제 엔딩으로 여성향 감정선의 정점을 찍고 대단원의 막을 내린다.

남성향 작품이 남성 캐릭터의 만족에 초점이 맞춰져 있듯이, 여성향 작품에서도 여성 캐릭터의 만족이 가장 중요하다. 여성향의 여자주인공은 쉽게 눈이 풀리거나 신음을 내지 않는다. 그만큼 되려면 누군가의 집요한 노력이 필요하다.

물론 씬이 로맨스의 전부는 아니다. 씬이 들어간다고 해서 그 씬이 무조건 서로의 안정적인 연애 감정을 기반으로 한다고 정의할 수도 없다. 때로는 여성향에서도 사랑 없는 씬이 나온다. 감정이 명확하지 않거나 인지되지 않는 상황에서 씬이 등장하는 경우도 많다. 그야말로 케이스 바이 케이스다. 그럼에도 그 작품들은 여성향으로 통과되고 프로모션 심사도 통과한다. 여성 독자들의 감성을 거스르지 않는 선을 유지하고 있기 때문이다.

씬의 감성과 음란성은 물리적으로 정의할 수 있다. 소설의 물리적인 감성은 시신경으로 읽는 활자에서 기인한다. 즉 여러분이 쓴 각종 표현의 집합이 씬의 분위기를 좌지우지한다. 비슷한 표현을 쓰더라도 어떤 순서로 적고 어떤 묘사를 생략하느냐에 따라 씬의 감성은 여성향이 되기도 하고, '작가가 여자가 아닌 것 같네요. 남성향 보다 오셨나?' 같은 댓글을 받게 되기도 한다(웹소설 시장에는 해당 장르의 감성에서 벗어난 작품을 봤을 때 작가의 성별을 의심하는 독자들이 많은 것이 사실이고, 이는 분명 긍정적인 의도의 의심이 아니다).

이 책에 가득 담은 단어들은 모두 여성향 씬의 감성을 유지하는 표현들이다. 간혹 이렇게 무시무시한 단어를 어떻게 여성향에서 쓸 수 있는가 싫은 단어들도 있겠지만 시장에서 실제로 자주 쓰인다.

15금만 쓸 건데 왜 19금을 공부해야 할까?

로맨스를 쓰는 신인 작가들로부터 다음과 같은 질문을 자주 받는다.

"저는 19금 절대로 안 쓸 것이고, 15금만 쓸 건데요?"
"15금은 19금과 다르지 않나요?"
"15금인데 씬을 반드시 넣어야 하나요?"

웹소설 시장에는 전체, 12금, 15금, 19금 등급이 있고 이 등급은 플랫폼 검수를 통해 매겨진다. 전자출판물을 유통하는 웹소설 플랫폼에서 등급은 매우 중요한 판매 요소다. 플랫폼마다 강력하게 미는 등급이 있고 그 등급 위주로 프로모션이 진행된다. 그런데 플랫폼이 아무리 15금을 밀어도 모여 있는 독자가 19금만 보는 사람들이라면 플랫폼의 목표와 무관하게 그 사이트에선 19금이 잘될 것이다. 때문에 이 구조를 바꾸고 싶은 플랫폼은 어마어마한 예산을 들여 작품을 수급하고 독자 지원 정책을 펼친다.

현재 카카오페이지와 네이버 시리즈는 15금 작품 위주로 최상위 프로모션을 올려주면서 19금을 키워보려 애쓰고, 반대로 리디(구 리디북스)는 19금 작품 위주로 프로모션을 해왔지만 15금을 키우기 위해 갖은 노력을 기울이고 있는 모양새다.

등급은 작품의 길이와도 깊은 관계가 있다. 카카오페이지와 네이버 시

리즈에서 프로모션을 받으려면 반드시 장편을 써야 하고, 리디에서는 연재본이 아닌 단행본 판매가 매우 수월하게 이루어지기 때문에 반드시 장편일 필요가 없다.

현황을 한마디로 분석한다면, 15금을 쓰는 사람은 반드시 장편을 써야 하고 19금을 쓰는 사람은 굳이 장편을 쓰지 않아도 된다는 결론이 나게 된다. 물론 19금도 장편이 존재하고 잘 팔리지만 좋은 작품인데 장편이 아니라고 프로모션을 못 받는 상황은 발생하지 않는다. 어쨌든 등급을 정했다면 그 등급에 맞게 스토리의 분량을 맞춰줘야 여러분의 작품이 문제없이 충분한 노출과 함께 유통될 수 있다.

그렇다면 여성향 웹소설에서 15금과 19금은 얼마나 다를까? 두 등급의 스킨십 장면은 얼마나 차이가 있을까?

원론적으로 15금과 19금이 다른 것은 사실이다. 신인, 기성 상관없이 아무리 날아다니는 작가여도 15금만 써 왔고 씬을 써 보지 않았다면 19금을 못 쓰는 게 당연하다. 반대로 수위 조절이 힘들어서 15금 시장으로 나아가지 못하는 19금 작가도 많다. 한쪽 시장에서 탑으로 인정받는 작가는 꽤 많지만, 양쪽 시장에서 모두 인정받는 작가는 손에 꼽는다.

여기서 여성향 왕초보 지망생들이 큰 오류를 범한다. 15금이라고 '쪽' 하고 끝나는 버드키스만 나오지 않는다. 15금이라고 두 사람이 침대로 쓰러지자마자 장면이 전환되어 다음 날 아침 '참새 짹짹'으로 진행되는 게 아니다.

표현의 수위가 다를 뿐, 15금에도 씬은 존재한다. 씬이 필수라고 단언할 수는 없으나, '옵션'이라 하기에는 필수에 가까워졌다. 존재하는 게 낫다는 분위기로 시장 상황이 바뀌었다. 등급과 스토리 흐름에 따라 수위 조절을 하는 것뿐, 여성향 웹소설에서 씬은 꼭 필요하다. 독자들의 흥미를 끌기 위해서라도 말이다.

15금 씬과 19금 씬은 확실히 다르다.
하지만 관통하는 무언가는 분명히 존재한다.

이 차이를 인지하려면 19금 버전의 씬을 반드시 알아야 한다. 15금과는 달리, 19금 씬에서 씬의 전체 구조와 단계가 세밀히 등장하기 때문이다. 이를 공부하지 않고 15금 작품만 숭덩숭덩 읽어서는 구조적으로 '장님 코끼리 만지기'식 습득이 된다. 씬의 구조가 'ABCDEFGHIJKLMNOPQRSTUVWXYZ'인데 이중에서 a와 g, y만 그것도 소문자로 인지하고 있다면 설득력 있는 씬을 쓸 수 없다. 게다가 15금 버전으로 수위를 낮추더라도 원본이 어느 정도인지 알아야 생략할 것을 선택하여 자연스럽게 생략할 수 있다.

그러므로 앞으로 15금만 쓸 계획이고 19금은 죽어도 쓰지 않을 거라고 자신하더라도 씬만큼은 19금 씬을 먼저 공부하길 강력히 권한다. 19금을 알아야 15금도 잘 쓸 수 있다. 15금 이하의 작품만 언뜻언뜻 본 적 있는 경우라면 이 책의 파트 2를 빼먹지 말고 꼼꼼히 읽길 바란다. 씬의 구성 및 기초 상식을 이해하기 쉽도록 적어두었다.

이 책의 특징과 활용

이 책의 단어 선별 원칙

이 책에서 소개하는 모든 단어와 단어 조합은 특정한 작가 개인이 직접 만들어낸 표현이 아니며 북마녀가 새로 창조한 표현도 아니다. 관용적인 표현 역시 사전에 등재되지 않았을 뿐, 그야말로 오랫동안 많은 사람이 써서 굳어져 버린 것이다. 따라서 모든 단어 및 단어의 조합은 저작권을 주장할 수 없는 공공재이므로 아무 걱정 없이 마음껏 써도 된다.

> ① 2020~2023년 최신 작품 중 베스트셀러를 중심으로 분석하여 가장 기본이 되면서도 활용도가 매우 높은 필수 단어들을 골라냈다.
>
> ② 일반 사전에 공식적으로 등재될 수 없는 각종 은어 또한 포함했다. 이런 은어들을 어색하지 않게 활용하여 재미를 만들어내는 것 역시 대중문학을 쓰는 작가의 기본 덕목이다.

③ 사전적 의미와 다른 개념으로 쓰고 있는 단어들도 꽤 있다. 대부분 한국인이 심리적으로 자연스럽게 받아들이는 뉘앙스를 활용하는 것이므로 소설적 허용으로 인정하고 선별 단어에 포함하였다.

④ 단, 아예 잘못된 방식으로 쓰이고 그 방식이 북마녀의 편집자 기준으로 납득되지 않는 단어는 제외하였다.

⑤ 동사와 동사의 조합, 혹은 동사에 보조동사가 붙어 의미를 더욱 강조하거나 추가하는 구조인 경우 파트 4 관용구와 조합이 아니라 파트 3 동사에 담았다.

단어 사전 속 북마녀 TIP

사전적 의미보다는 웹소설 씬에서 쓰이는 용도에 주목하였으며, 맥락과 뉘앙스에 따른 각 단어의 적절한 쓰임새를 간단명료하게 적었다. 가능한 한 현 시장의 흐름을 거스르지 않으면서 최대한 보수적인 기준으로 작성했다.

예시 문장에 관하여

단어마다 해당 단어를 활용한 예시 문장을 수록했으며, 대부분 19금 등급 기준으로 작성되었다. 15금에서 쓸 수 있는 단어라도 19금 버전에 맞춘 문장이 적혀 있으니 혼동 없길 바란다.

모든 예시 문장은 북마녀가 직접 쓴 것이며, 문체 역시 현 웹소설 시장에서 통용되는 문체와 유사한 톤으로 적었다. 최대한 클리셰적인 표현과 맥락상 합당한 순서로 문장의 요소를 구성했다.

그렇다고 이 책에 적혀 있는 문장을 그대로 외우거나 그대로 자신의 원고에 적어서는 안 된다. 자기 자신의 문체에 이 단어들을 어떻게 넣을지 고민하고 활용하라.

이 책의 예시 문장은 단어의 의미를 충실히 직관적으로 반영하기 위해 해당 단어가 가장 쉽게 들어갈 수 있는 내용을 작성한 것이다. 그렇다 보니 인물의 동작을 묘사하는 문장을 많이 쓰게 되었다. 그러나 실제로 씬을 쓸 때 모든 문장을 인물의 움직임만으로 나열해서는 안 된다. 이 점 역시 혼동하지 말아야 한다.

또한, 3인칭으로 쓰인 예시 문장에서 '남자', '여자'로 지칭된 경우는 실제로 '남자', '여자'라고 적으라는 뜻이 아니다. 3인칭 시점의 원고에서는 이름이나 대명사(그, 그녀)를 써야 한다. 그러나 예시 문장에서는 인물의 이름을 설정하기 힘들기 때문에 임의로 '남자', '여자'라고 적은 것이다.

혹자는 예시로 든 각각의 문장이 생각보다 야하지 않다고 느낄 수도 있다. 이는 독자의 감정선에 기반한다. 씬의 문장들이 모여 있고, 그 문장들을 연이어 읽어 내려갈 때 독자들은 그 장면을 시뮬레이션해 가면서 야하다고 느끼게 된다. 그러나 뚝뚝 떨어져 있는 문장의 조각들을 읽을 땐 연이은 문장을 읽을 때의 기분을 그대로 느낄 수 없다. 탑티어 작가들의 문장이 바로 그러하다. 따로 떼어 각각 읽으면 엄청나게 대단한 문장은 아닌 것처럼 보이나, 스토리에 흠뻑 빠져 이어지는 문장을 연속으로 읽게 되면 흥분도가 높아지는 것이다.

이 책에서 자주 나오는 용어

단어 파트에서 단어의 설명을 위해 몇 가지 용어가 반복적으로 등장한다. 웹소설을 많이 읽은 독자나 많이 써 본 작가라면 충분히 알고 있을 만한 기본 상식이지만, 왕초보 지망생은 모를 가능성이 있으므로 미리 정리해 둔다.

① 여주 : 여성향 웹소설의 여자주인공.

② 남주 : 여성향 웹소설의 남자주인공.

③ 공 : 여성향 웹소설 중 BL에서 성기를 삽입하는 인물.

④ 수 : 여성향 웹소설 중 BL에서 삽입을 받는 인물.

⑤ 섹텐 : '섹슈얼한 텐션'의 줄임말. 성적인 분위기를 이른다.

⑥ 구멍 : 여성의 질 또는 남성의 애널(항문)을 통칭하는 단어. 입은 성별 상관없이 '구멍'이라 지칭하진 않으며 반드시 '입' 혹은 '입술'로 명확하게 적는다.

⑦ 더티 토크 : 성관계 전후나 도중에 대사로 하는 음담패설.

⑧ 조폭남 : 여성향 웹소설의 남주인공이 조직폭력배(조폭)인 경우. 거친 뒷골목 세계에 몸담고 있기에 입이 몹시 걸다. 일반적인 직업의 인물보다 음담패설의 수위가 높다. 평소 말투나 행동이 다소 저질스럽거나 폭력적이라도 독자들이 이해하는 편이다.

위험한 단어는 경고등 🚨 표시

〈북마녀 빨간딱지 웹소설 강의〉 1기 때 19금 필수 단어를 일부 정리하면서 해당 단어가 15금에 들어갈 수 있는지 여부를 가능, 위험, 불가로 표시한 바 있다. 그러나 시장의 흐름에 따라 '불가'라고 단언할 수 없는 경우가 계속 나오고 있고, 앞으로도 계속 변화가 있을 것으로 예측된다. 그리하여 이 책에서는 15금에 들어가기에 부담스러운 단어의 경우 옆에 위험 표시를 달아 두었다. 그러나 가능한 단어라 해도 앞뒤에 어떤 단어를 붙여 쓰느냐에 따라 검수 결과가 달라질 수 있고, 차후에도 검수 기준이 달라질 수 있음을 유념하길 바란다.

야한 씬 만드는 기본 법칙

나의 사회적 체면과 건강과 시간을 갈아 만든 씬! 그러나 두근거리지도, 설레지도, 얼굴이 붉어지지도 않는 무덤덤한 장면이 나와 버렸다. 어째서 야해 보이지 않는 걸까? 그 이유는 세 가지로 요약할 수 있다.

번갯불에 콩 볶아 먹듯이 끝나서!
표현이 충분히 야하지 않아서!
같은 표현을 너무 반복해서!

신인이든 기성이든 골고루 겪는 이 문제를 해결할 방법은 분명히 있다.

Rule 1. 독자는 '삼초찍'을 싫어한다 : 자세히, 구체적으로, 길게

현실에서 '섹스'라는 단어를 민망해할지언정 소설 속에서 '성춘향은 지난밤 이몽룡과 밤새도록 섹스를 하였다' 같은 문장을 보고 얼굴이 붉어질 독자는 없다. 여성향 19금을 쓴다면 문제의 섹스가 얼마나, 어떻게 진행되었는지 낱낱이 풀어서 적어 줘야 한다. 자세히 구체적으로 묘사한다면 장면의 길이는 필연적으로 길어진다.

그런데 표현을 길게 쓰는 것만으로는 한계가 있다. 절대적으로 장면의 길이가 길어지게 하려면 주인공의 정력이 받쳐줘야 한다. 마님의 사랑과 쌀밥과 고기를 독차지하는 돌쇠는 결코 조루일 리 없다.

Rule 2. 독자는 '복붙'을 싫어한다 : 반복을 피하라

모든 작품에서 여주의 가슴을 '탐스러운 가슴'이라고 지칭한다면, 매번 남주의 등을 '너른 등판'이라고 표현한다면 얼마나 지겹고 빤한가. 19금이라면 한 작품에서 씬이 최소 3~4번은 나올 게 뻔하다. 그럴 때마다 매번 같은 표현이 같은 순서로 계속 등장하는 건 작가가 제한된 단어 스펙트럼 안에서 써먹고, 써먹고 또 써먹었기 때문일 것이다.

'복붙한 것 같다', '자가 복제한 것 같다'는 댓글을 받은 적 있는가? 그런 댓글을 받을까 봐 두려운가? 직접 쓴 원고를 공개하기 전 반복되는 단어를 골라내고, 이 책에서 대체할 수 있는 단어를 찾아내어 활용하라.

Rule 3. 독자는 '설명(정의)'하는 단어를 싫어한다 : 뻔한 단어는 빼라

여성향 웹소설 씬에서 쓰지 않는 단어가 있다. 바로 '섹시하다'라는 형용사다. 지금까지 셀 수 없이 많은 19금 작품을 보았지만 '섹시하다'는 표현을 쓴 경우는 극히 드물며 언제 봤는지 기억이 가물가물할 정도다. 그래서 이 책의 단어 파트에서도 '섹시하다'를 찾아볼 수 없다. 이는 누락이 아니라 선별 과정에서 제외한 것이다.

'섹시하다'는 지문으로도 쓰기 애매하고, 대사로 쓰면 더 애매하다. 한마디로 문학적이지 않은 단어다. 어감상 굉장히 저렴해 보이는 문제도 크다. 원고에서 '섹시하다'는 표현을 쓴 적 있다면 표현력이 비교적 높지 않다고 판단해도 무방하다. 이런 경우라면 반드시 단어 스펙트럼을 넓힐 필요가 있다. 만에 하나 '섹시하다'를 쓰더라도 코미디물에나 어울리고, 로코여도 되도록 쓰지 않길 권한다. 대신 '섹시한 상태', '섹시한 이미지'를 그려낼 수 있는 각종 표현을 몽땅 활용하여 묘사하는 것이 여성향 웹소설 작가가 해야 할 몫이다.

15금, 19금 상관없이 자신이 소설 원고를 쓰고 있음을, 문학을 집필하고 있음을 잊지 말라. 비문학적이고 뻔한 단어는 반드시 걸러내라.

Rule 4. 야한 단어만 야한 게 아니다 : 안 야한 단어도 활용하라

이 사전에 담은 단어 외에도 세상에는 야한 뜻으로 사용할 수 있는 단어가 무궁무진하다. 의미 자체가 특징적인 음란 행위를 뜻해서 야할 수도 있지만, 때로는 전혀 야하지 않은 단어인데도 씬에 썼을 때 옆에 위치한 단어의 음란성을 증폭시키는 역할을 수행하기도 한다.

- 착실하게
- 속절없이

위의 단어를 보았을 때 어떤 뉘앙스, 어떤 분위기를 느끼는가? 이들은 전부 에세이나 소설뿐만 아니라 SNS 글에서도 쉽게 마주칠 수 있는 낱말이다. 사전적 의미를 감안했을 때, '착실하게'는 허튼 구석 없이 건실하고 성실하고 바른 이미지다. '속절없이'는 어쩔 도리가 없으며 덧없다는 의미이므로 어찌 보면 처연한 이미지를 주는 소설적 표현이다.

그러나 19금 작품을 많이 본 음란마귀 독자들에게 이 두 단어의 이미지는 그렇게 바르지도, 처연하지도 않다.

- 착실하게 젖어들고 있었다.
- 속절없이 흔들렸다.

이 동작이 어느 부위의 어떤 상황인지 이해되지 않는다면 씬 공부가 더 필요하다는 뜻이다. 두 단어는 모두 단어 파트에서 등장하니 어느 문장에서 등장하는지 꼭 찾아보길 바란다.

이번에는 한때 인터넷상에서 '밈'으로 유행했던 BL 광공의 대사를 살펴보자.

"입으로는 아니라 하면서 몸은 솔직하게 반응하는군."

이 대사 속에 음란한 단어는 단 하나도 존재하지 않는다. 그러나 맥락을 아는 사람은 이 문장이 의미하는 바를 정확히 이해한다. 처음부터 끝까지 모든 문장의 모든 표현을 적나라하고 노골적인 단어로 쏟아붓지 않더라도 충분히 성애 묘사를 할 수 있고 섹텐을 올릴 수 있다. 이 문장은 야한 표현으로 볼 수 없기 때문에 물리적으로 15금 플랫폼의 살벌한 검수에도 통과할 수 있다. 다만 이 문장의 앞뒤로 어떤 내용이 들어갈지에 따라 상황이 달라질 뿐이다.

Part 2

작가라면 반드시 알아야 하는

19금 필수 상식

'꾸금' 필수 세계관 및 씬의 단계

대물 유니버스

대물이란, 큰 물건이란 뜻의 평범한 단어이면서 '거대한 남성기'를 뜻하는 은어다. 이 설정은 여성향 웹소설의 기본 세계관이자, 절대로 변하지 않는 고유의 원칙이다. 이 대물 세계관은 어떤 트렌드도, 어떤 시대적 흐름도 타지 않는다. 또한 어떤 변명도, 어떤 변형도 통하지 않는다.

남자주인공과 공의 성기는 매우 크고, 굵고, 길고, 오래 간다. 주인공이 섹스 머신인데 페니스가 작다는 건 앞뒤가 안 맞는 설정이자, 없던 정도 떨어지고 있던 독자도 떨어지는 설정이다. 그 어떤 독자도 작은 고추가 매운 모습을 원치 않는다. 큰 고추가 매울 때 더 강력하다는 사실을 결코 잊지 말자.

남녀 간의 씬이 나오는 로맨스와 로판에서 남성 캐릭터가 여럿 나올 때가 있다. 이때 남주를 제외한 다른 남성은 대물 유니버스를 따르지 않아도 되고, 따르지 않는 편이 낫다. 전남친의 경우 지나간 똥차이거나 악역이므로, 관계를 했었다고 설정할 경우 오히려 작은 크기로 설정하는 것이 효과적이다. 또, 스토리에서 여주가 강간의 위기에 처하는 장면이 나올 수 있다. 이때 악역의 성기가 드러날 경우 가급적 징그러운 방향으로 간단히 언급하되, 대물로는 묘사하지 말아야 한다. 다시 말해 여주와 함께 엔딩을 맞이하는 캐릭터가 이 세계에서 가장 큰 성기의 소유자라고 설정하면 된다. 만약 다 같이 잘 사는 엔딩의 역하렘물이라면 주요 남주들 모두 막상막하로 대물 파티를 벌이면 된다.

BL 역시 메인공을 그 세계에서 가장 큰 성기의 소유자로 설정해야 한다는 점에서 로맨스와 유사하지만 차이점이 몇 가지 존재한다. 우선 수의 성기 크기는 어느 쪽으로 설정하든 별 문제가 없다. 그리고 전남친이 있었고 관계를 했었다면, 전남친이 대물이어도 상관은 없다. 다만, 수가 느끼지 못하고 상당한 고통만 있었음을 암시하는 식으로 주인공(메인공)과의 차별점이 있어야 한다.

씬 중심으로 모럴이 부족한 고수위 '뽕빨물'의 경우는 예외로 치며 수 입장에서 악역에 해당하는 인물들이 대물 세계관을 고수해도 괜찮다.

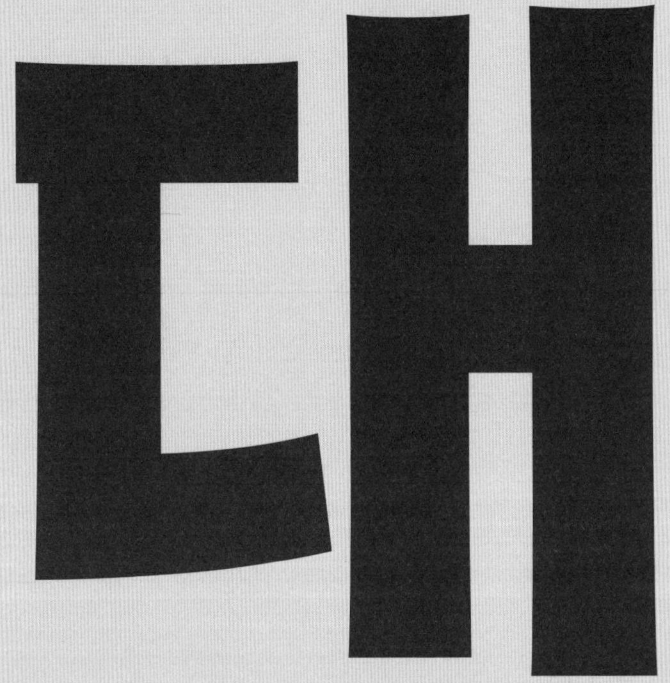

19금 씬의 단계

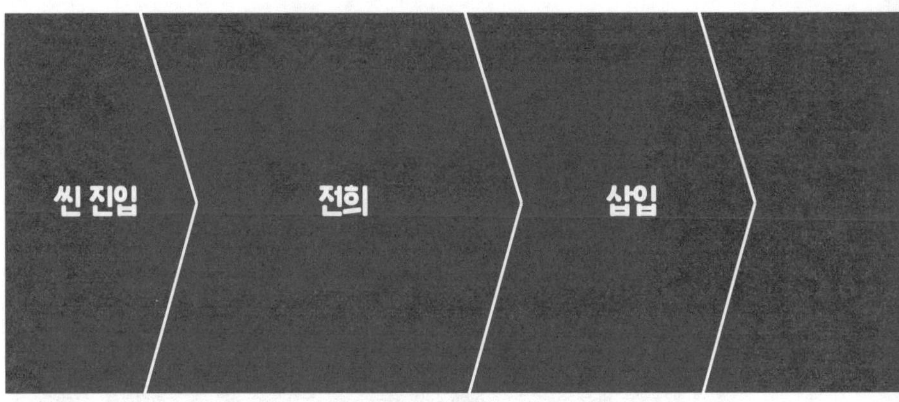

씬 진입	장소, 분위기, 인물 간의 동작 및 대사를 통해 씬을 시작하는 단계.
전희	삽입 전 몸이 흥분하도록 애무를 통해 풀어주는 단계.
삽입	구멍에 남성기가 들어가는 단계.

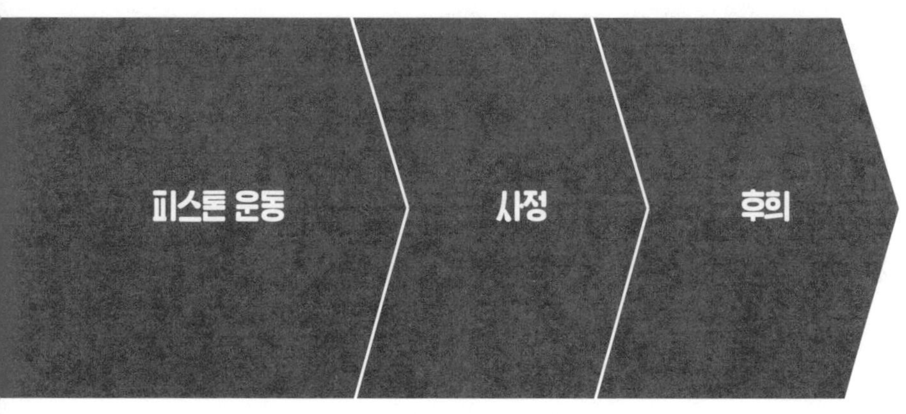

피스톤 운동	삽입 후 왕복 운동을 하는 단계.
사정	남성기에서 정액이 분출하는 단계.
후희	사정 후 가벼운 애무를 하며 절정의 기분을 즐기는 단계.

씬을 정석적으로 진행할 경우 씬 진입 후 모든 단계를 빠짐없이 묘사해야 한다. 또한 앞에서 설명한 바와 같이 모든 단계는 대물 세계관을 반드시 따르며, 지속적으로 대물이라는 사실을 언급한다.

여러 단계 중 전희는 현실 세계에서의 성관계와 가장 극심한 차이를 보이는 단계다. 여성향 웹소설 씬에서 현실과 다른 모습을 보여줌으로써 로망을 채워줄 수 있는 결정적인 작업이라는 사실을 염두에 두고 써야 한다. 그러나 스토리 안에서 여러 씬을 만들 경우, 전희 단계를 일정 부분 생략해도 무방하다.

수위 DOWN! 15금 표현 법칙

15금과 19금을 철저히 나누고 특히 15금의 기준을 강도 높게 따지는 플랫폼에서는 거래하는 출판사에게 검수 기준표를 배포한다. 이 검수 기준 중 가장 중요한 내용을 요약하자면 다음 세 가지로 정리할 수 있겠다.

15금 플랫폼의 검수 기준 요약

기준 1. 은밀한 신체 부위(가슴 및 생식기 부위) 및 체액의 명칭을 직접적으로 적시할 경우 15금 유통 불가능. 타액은 가능.

기준 2. 씬이 스토리 전체 분량에서 30% 이상 차지하면 15금 유통 불가능.

기준 3. 근친, 미성년자와의 성관계, 강압적인 성관계를 포함한 강간, 성매매, AV 등 사회적 윤리에 어긋나는 행위나 범법행위가 구체적으로 나올 경우 판매 불가 처리. ※한 쪽만 미성년자일 경우 가장 위험.

기준 4. 수간(獸姦 : 한쪽이 명확하게 짐승인 상태), 시간(屍姦 : 시체를 강간하는 행위), 식인 등 사회적 통념에 과하게 어긋나는 경우 판매 불가 처리.

위의 기준에 따라 15금 플랫폼에서는 씬의 단계를 하나하나 상세히 묘사하는 것이 불가능하다. 이들 플랫폼에 19금 등급을 단 작품이 들어가는 경우도 있지만, '원본'이 아니라 표현의 수위를 낮춘 삭제본인 경우가 대다수다. 동일한 순서로 동일한 행위의 진행을 그리더라도 15금에서는 훨씬 뭉뚱그려 표현하면서 씬의 분량도 좀 줄여주는 편이 낫다. 사실 연재의 경우 비중을 따로 계산하는 것은 물리적으로 무리가 있다. 어차피 검수도 사람이 하는 일이므로 적당한 수준을 지킨다는 생각으로 조절하자.

15금을 쓰는 작가들은 어떻게 해야 기준 1을 반드시 지키면서 섹텐을 유지할 수 있을지 고민해야 한다. 이에 따라 기준 1을 기반으로 문장 써보는 연습을 해야 하며 15금에서 허용되는 신체 부위 단어들을 꼭 체크해 두어야 한다. 간단히 예를 들자면 아래와 같이 바꿔줘야 기준 1을 지키며 15금으로 들어갈 수 있다.

> 페니스를 밀어 넣을 때마다 전신에서 열기가 솟구치는 듯했다. (19금)
> ⇨ 몸을 밀어 넣을 때마다 전신에서 열기가 솟구치는 듯했다. (15금)

근래 들어 플랫폼의 15금 문턱이 조금씩 낮아지는 추세라 수년 전에 비하면 표현의 자유가 확실히 넓어졌다고 볼 수 있다. 그러나 앞으로 다시 문턱이 높아질 가능성도 없지 않다.

등급을 중요하게 따지는 플랫폼은 네이버와 카카오페이지 즉 포털 사이트 대기업이다. 이들은 사회적인 책임이 요구되고 대중과 정부의 주목을 받는 기업이다. 때문에 절대적인 검수 기준이 크게 달라지진 않을 테니 적당히 수위를 맞춰주는 요령이 필요하다.

다채로운 남녀 인체 탐구

애무를 받는 성별의 신체 부위가 다양하게 나와야 씬의 요소가 반복 없이 구성되고, 충분한 분량도 만들어낼 수 있다. 때문에 단어 파트에서 나올 동작과 반응에 관한 다양한 단어들도 잘 습득해야 하지만, 그에 앞서 신체 부위 용어를 철저하게 인지해 두는 것이 중요하다.

웹소설에서는 꼭 씬을 쓰지 않더라도 여러 장면에서 신체 부위 묘사를 쓸 일이 많다. 신체 부위를 모르는 사람은 없으나, 실제로 원고를 쓰는 순간에는 떠오르지 않아 인물이 같은 동작만 반복하는 경우가 부지기수다. 팔다리와 가슴, 눈코입 등등 우리는 인체에 관해 분명히 알고 있지만 그 지식이 소설 집필에 그대로 적용되지는 않는다. 길게 생각하지 않아도 바로 튀어나오도록 다시금 습득해 두는 것이 좋다.

은밀하지 않은 신체 부위 용어에 관해서는《북마녀의 시크릿 단어 사전》에서 따로 다루었으니 꼭 확인하길 바란다. 이 책에서는 씬에서만 다루게 되는 그야말로 은밀한 신체 부위만 직관적으로 소개할 예정이다.

페니스와 클리토리스를 제외한 다른 명칭들은 대부분 한자어, 우리말이기 때문에 동양풍에서 모두 자연스럽게 어우러진다. 하지만 동양풍에서만 쓸 수 있는 단어를 잘 활용하면 동양풍 배경 특유의 차별화된 분위기를 텍스트로 더욱 살릴 수 있으니 동양풍에선 동양풍만의 명칭을 적당히 섞어 쓰는 것을 권한다.

신체부위를 속된 표현으로 이르는 속어는 검수 기준으로 무조건 잘리기 때문에 15금에선 아예 쓸 수 없다. 19금에서는 섹텐을 올리는 효과가 있지만, 캐릭터의 성격과 내용 흐름에 어울리는 경우에만 활용해야 한다. 남성기를 뜻하는 속어 '좆'은 사실상 여성향 19금에서 완전히 자리 잡았으므로 대사와 지문 어디든 써도 된다. 다만, 아직까지 '보지'는 다수 독자의 심적 부담이 있는 표현이라 조절이 필요하다. 또한 여주가 자유의지의 대사로 속어를 마구 쓰는 것은 지양해야 한다.

속어는 빨간색, 15금에 들어갈 수 있을 만큼 비교적 순화된 표현은 밑줄을 그어 표시해 두었다. 나머지 단어들 대부분 검수 기준 1에 걸리는 경우가 많아 15금에 들어갈 수 없다.

1. 흉부(남녀공통)

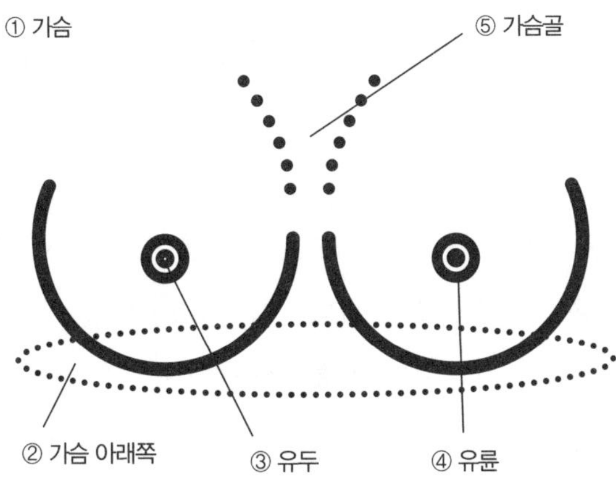

① 가슴*(전체) - 가슴, 유방, 젖, 젖무덤, 젖가슴, 살덩이

② 가슴 아래쪽 - 밑가슴

③ 유두 - 유두, 젖꼭지, 정점, 열매, 돌기, 유실

④ 유륜 - 유륜, 젖꽃판, 꽃판

⑤ 가슴골

북마녀 Tip!

가슴 : 의외로 '가슴'이 순화된 표현이며, 15금에서 허용된다.

2. 생식기(여자)

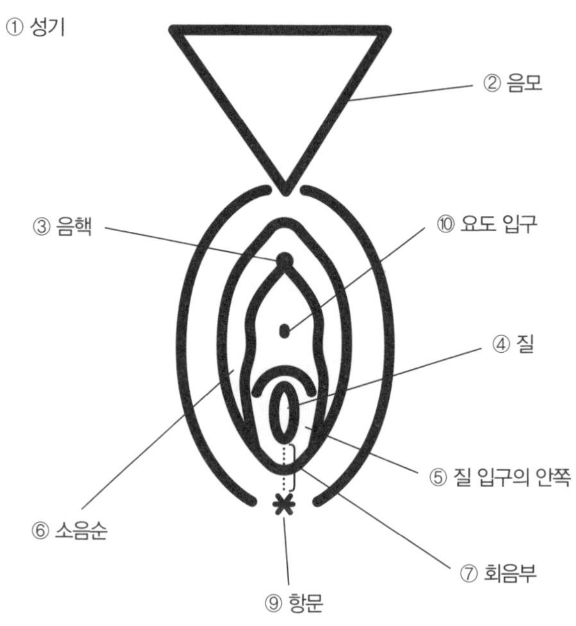

① **성기***(전체) - 음부, 비부, 밀부, 보지, 여성, 꽃잎

② **음모 및 음모가 위치한 부위** - 둔덕, 숲, 삼각숲, 수풀, 거웃, 덤불, 음모

③ **음핵** - 음핵, 클리토리스, 돌기, 구슬, 공알

④ **질*** - 질, 질구, 입구, 구멍, 옥문

⑤ **질 입구의 안쪽** - 질벽, 내벽, 속살, 점막, <u>안쪽</u>, <u>안</u>, 내부

⑥ **소음순*** - 소음순, 날개, 날갯살, 보짓살

⑦ **회음부** - 회음부

⑧ **자궁 및 자궁 입구*** - 자궁구, 자궁 경부, 밀궁, 포궁

⑨ **항문***

⑩ **요도 입구**

북마녀 Tip!

성기 : 웹소설에서 '성기'는 남성기를 의미하며 여성의 생식기는 '성기'라 지칭하지 않는다. '꽃잎'이나 '여성'은 15금보다는 삭제본(19금)의 용어에 해당된다.

질 : '옥문'은 동양풍에만 어울리니 현대풍에선 쓰지 않도록 한다.

소음순 : 대음순에 관한 설명은 별도로 하지 않고 통칭하는 편이 낫다.

자궁 및 자궁 입구 : '밀궁'과 '포궁'은 동양풍일 경우에만 사용하니 현대물을 쓸 때는 주의하도록 한다.

항문 : 56p 참고. 단, 남녀간의 씬에서 항문 활용은 권장하지 않는다.

3. 생식기(남자)

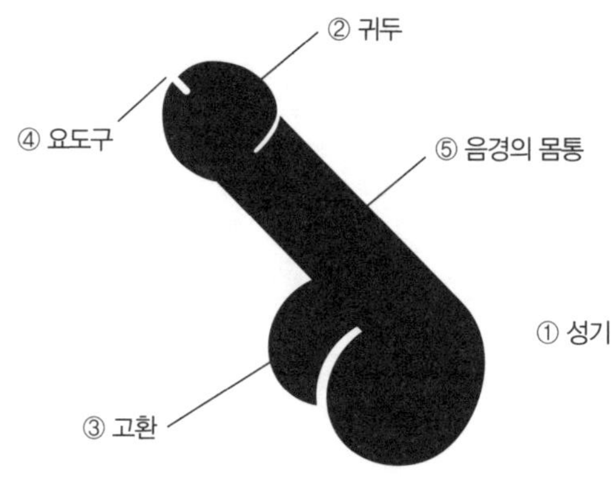

① **성기***(전체) - 성기, 페니스, 음경, 남근, 양물, 거근, 살, 좆, 자지, 하초, 것, 몸, 자신, 남성, 물건

② **귀두** - 귀두, 선단, 좆대가리, 좆머리

③ **고환*** - 음낭, 고환, 씨주머니, 불알

④ **요도구** - 요도구, 좆구멍

⑤ **음경의 몸통** - 기둥, 살기둥, 좆기둥, 대, 살기둥

북마녀 Tip!

성기 : '하초'는 동양풍에만 어울리니 현대풍에선 쓰지 않도록 한다.

고환 : '씨주머니'는 동양풍과 서양풍에만 어울리니 현대풍에선 쓰지 않도록 한다. '불알'은 섹텐과는 거리가 먼 표현이라 씬에서의 묘사보다는 평소 입이 걸걸한 인물의 표현으로 활용한다.

4. 생식기(남녀공통)

① 하체(사실상 성기 쪽 의미)

몸, 하체, 아랫도리, 하반신, 아래

5. 항문(남성)

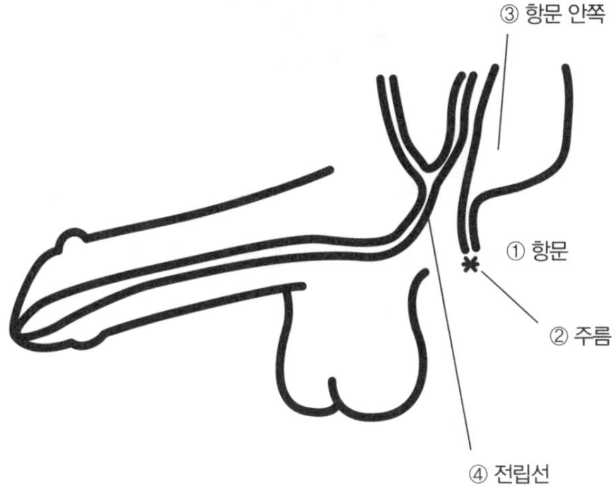

① 항문 - 항문, 애널, 구멍, 후장

② 주름 - 주름

③ 항문 안쪽(전체)* - 내벽, 안쪽, 점막

④ 전립선

6. 체액(여성)

① 애액

애액, 액체, 질액, 점액, 밀액, 음액, 홍분액, 액, 물, 샘물, 즙, 보짓물

7. 체액(남성)

① 쿠퍼액*

쿠퍼액, 프리컴, 선액, 홍분액

② 정액*

정액, 사정액, 백탁액, 탁액, 씨물, 용정, 좃물

북마녀 Tip!

쿠퍼액 : 동양풍에서는 영어 단어를 쓸 수 없다. '선액'만 활용하거나, 액체를 묘사로 풀어나 갈 것.

정액 : '용정'은 동양풍일 경우에만 사용할 수 있으며, 황제의 정액만을 지칭한다.

항문 안쪽 : 항문 안쪽은 실상 항문관 및 직장이지만, 이 신체 부위의 용어를 직접 쓰진 않는다.

8. 둔부(남녀공통)

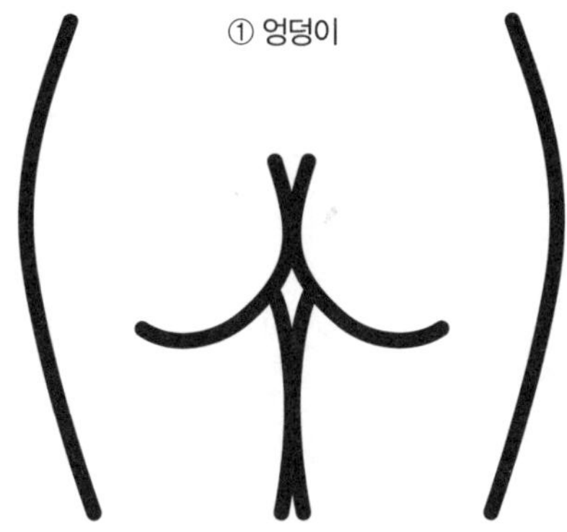

① **엉덩이** - 둔부, 엉덩이, 엉덩이골

9. 구멍(남녀공통)

① 구멍* - 아랫입, 아랫구멍

북마녀 Tip!

구멍 : 같은 단어여도 로맨스에선 질구를, BL에선 애널을 의미한다. '아랫입'은 자신의 몸에 대한 설명보다는 더티 토크를 하는 상대가 대사로 활용하는 편.

10. 스팟(남녀공통)

① 스팟

② 지스팟*

③ 전립선*

북마녀 Tip!

지스팟 : 스팟은 클리토리스를 대체할 수 없는 단어이며, 구멍 내부 어딘가에 위치한 성감대를 뜻한다. 여성의 경우 대체로 지스팟이며, 남성의 경우 전립선이 건드려지는 자리다. 지스팟은 질 안쪽에 위치한 성감대로서, 개인마다 위치가 조금씩 다르다. 꼭 '지스팟'이라고 쓸 필요는 없고 '스팟'으로 통칭되는 경우가 많다.

전립선 : 항문 안쪽에서 남성의 전립선을 건드릴 수 있고, 그에 따라 애무 효과가 나타나 사정하거나 오르가슴을 느낄 수 있다.

11. 입(남녀공통)

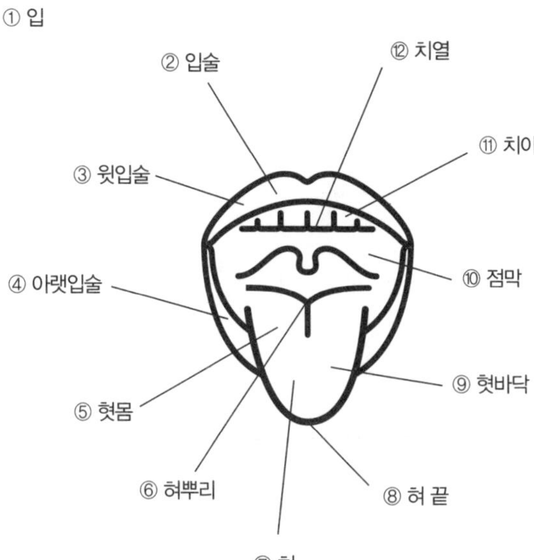

12. 목(남녀공통)

① 목구멍*

② 목젖*

북마녀 Tip!

목구멍 · 목젖 : 입속을 넘어 목 부위에 해당하는 단어들은 펠라티오 장면 묘사에서 주로 활용하며, 키스에는 전혀 어울리지 않는다.

흥미로운 남녀 속옷 탐구

소설 속에서 씬은 독립적인 장면으로 존재하는 것이 아니다. 씬이 아닌 장면에서 분위기와 흐름을 타고 씬으로 넘어가기 때문에 인물이 알몸 상태로 씬을 시작할 수는 없다. 즉 겉옷을 벗고 또 벗기고, 속옷을 벗고 또 벗기는 동작이 나와야 자연스럽게 본격적인 씬으로 돌입하게 된다. 때문에 속옷 관련 용어도 습득하여 적당한 타이밍에 적어준다면 물 흐르듯 자연스러운 장면을 쓸 수 있다.

현실적으로 남녀 공통적인 속옷의 명칭도 존재하지만, 소설에서는 구별이 되도록 분리하여 통일성 있게 적어주는 것을 추천한다.

시대물은 가상시대 세계관인 경우가 많기 때문에 정확한 용어로는 아래쪽 속옷만 언급하고 나머지 속옷에 관해서는 뭉뚱그리며 넘어가도 괜찮다. 실제 역사를 배경으로 하더라도 그렇게까지 디테일을 살리지 않아도 무방하다. 서양풍 로판을 쓴다고 고증을 열심히 하는 지망생들이 상당수 있으나 굳이 그럴 필요 없다. 파니에, 크리놀린, 버슬, 언더스커트 등 드레스의 실루엣을 부풀리기 위해 실존했던 속옷을 묘사하는 건 섹텐이 식는 원인으로 작용한다. 코르셋 정도만 설명해도 되고, 코르셋 역시 제외해도 크게 문제는 없다.

1. 남성 속옷

① 브리프

몸에 짝 달라붙는 삼각팬티를 뜻한다.

② 드로어즈

몸에 짝 달라붙는 사각팬티를 뜻한다.

③ 밴드

팬티(브리프, 드로어즈)의 허리에 위치한 탄력성 있는 띠. 꼭 팬티를 지칭하는 용어를 쓰지 않아도 밴드 언급으로 대체 가능하다.

④ 로브/가운

여성과는 달리 남성은 잠옷 없이 맨몸에 이 옷만 입는 스타일이 어울린다. 반드시 나올 필요는 없다.

2. 여성 속옷

① 브래지어

여성의 가슴을 받쳐 주고 가려 주는 상체 속옷. 반드시 뒤쪽 후크를 풀거나 어깨끈을 내리는 동작이 나올 필요는 없다.

② 팬티, 브리프

몸에 짝 달라붙는 삼각팬티. 브리프의 경우 남녀 모두 쓸 수 있는 단어이기 때문에 헷갈리지 않도록 한 성별의 속옷 명칭으로만 쓰는 것이 좋다.

③ 네글리제

가볍고 부드러운 재질의 여성용 실내복이자 잠옷. 레이스나 프릴 장식이 많아 매우 여성스러운 분위기를 살린다. 귀족 영애의 잠옷으로 묘사하기 좋다.

④ **로브/가운**

길고 헐렁한 속옷의 일종으로 통칭한다. 방밖을 잠깐 나설 때 잠옷 위에 입는 실내복으로 활용한다. 맨몸에 이 옷만 입는 방식도 가능하다.

⑤ **슬립**

어깨에 가는 끈이 달린 민소매 원피스 모양의 속옷. 현대식 속옷이기 때문에 시대극에선 쓸 수 없다. 소설 속에서는 실제 용도처럼 겉옷 안에 입거나 잠옷 용도로 활용할 수 있다.

⑥ **코르셋**

배와 허리 둘레를 졸라매어 체형을 보정하는 전통적인 속옷. 현대에도 착용하는 여성이 있으나 현대풍에선 비추. 서양풍 속옷이지만 로판에서 필수는 아니다.

⑦ **가터벨트**

스타킹이 흘러내리지 않도록 집게로 고정해 주는 용도의 현대풍 속옷을 말한다.

⑧ **스타킹**

얇은 나일론 재질이라 속이 비치는 느낌이나 찢는 상황으로 섹텐을 올릴 수 있다.

3. 속옷(동양풍)

① **속곳**

동양풍에서 속옷을 통칭하는 마법의 단어.

② **단속곳**

반바지 형태의 속옷을 말한다.

③ **다리속곳**

가랑이 사이를 둘러 가려주는 T자 형태의 여자 속옷.

④ **속고의**

전통 한복의 속옷 중 하체 쪽 남성 속옷을 뜻한다.

⑤ **속적삼**

전통 한복의 속옷 중 상체 쪽 속옷. 남녀 모두 쓸 수 있다.

북마녀 Tip! 실존 역사 소재가 아니라 '한복' 개념을 고증하지 않아도 된다면 '속고의'와 '속적삼'은 굳이 언급하지 않아도 괜찮다.

남♡녀 & 남♡남 행위 탐구

본격적으로 씬에서 진행되는 성행위에 관해 알아보도록 하겠다. 이 책에서 소개하는 모든 행위를 전부 써야 한다는 뜻은 아니다. 이런 행위들이 있다는 것을 알고 있는 게 중요하다. 이 중에 필수로 들어가야 할 행위(삽입, 피스톤 운동, 사정)는 반드시 넣되, 옵션이 될 것들은 상황에 따라 선택하여 넣으면 된다. 무엇보다 모든 동작이 자연스러운 흐름으로 묘사되어야 한다.

각종 행위를 상세한 동작으로 풀어 설명하여 주인공들이 어떤 행위를 하고 있는지 독자가 머리로 인식하도록 만들어 보자. 이 책에서 소개한 모든 성행위를 한 작품에 몽땅 털어 넣지는 마라. 어디까지나 캐릭터 설정과 스토리의 흐름과 씬의 분위기에 자연스럽게 녹아드는 행위만 골라서 넣어야 한다. 어울리는 행위를 잘 고르는 것도 작가의 능력이다.

이 책에서 소개하는 행위 중에는 BDSM에 속하는 플레이도 없지 않다.

그러나 심한 SM은 아니며, 비교적 약한 플레이에 해당한다. 적당히 대중적인 독자들에게 큰 부담 없이 읽힐 수 있는 행위들만 선별했다. 19금을 보는 독자 모두가 극심히 가학적인 플레이를 허용하는 것은 아니므로 반드시 수위를 조절해야 한다.

또한 BDSM을 쓰고 싶은 지망생은 이미 관계된 용어를 알고 있는 경우가 대부분일 테니 단어 파트를 집중적으로 공략하여 표현력 향상에 힘쓰자. 참고로 BDSM의 경우 그 감성을 전혀 이해하지 못하는 상태에서 용어 공부만으로 쓰는 건 불가능하다. 엄청나게 가학적이지 않아도 스토리가 좋고 씬이 야하다면 충분히 인기가 있으니 괜한 과욕은 부리지 말자.

행위 용어의 경우 단어 자체를 원고에 그대로 넣지 않는 것이 원칙이다. 대부분의 용어가 비문학 느낌이 강하고 외래어인 경우가 많다 보니, 문장 속에서 부자연스럽게 튀거나 딱딱한 느낌이 심하게 든다. 무엇보다 소설다운 표현이 되기 힘들다.

단, 현대풍에서는 구어체로 쓸 수 있는 상황 한정으로 행위 용어를 적어도 된다. 또한 펠라티오를 '펠라'로, 커닐링구스를 '커닐'로, 오럴섹스를 '오럴'로 줄여 쓰는 것도 허용한다. 그래도 원칙을 지키면서 예외를 간혹 두는 것으로 하는 게 좋다.

1. 섹스

섹스, 성교, 정사, 관계, 성관계, 색사, 방사, 씹질, 오입질

북마녀 Tip! '씹질'은 섹스를 뜻하는 속어다. '색사', '방사'는 동양풍일 경우에만 사용하니 현대물을 쓸 때는 주의하도록 한다.

2. 애무

① 애무/페팅

삽입 전후, 또는 도중에 신체 부위를 만지고 핥는 등 긴장을 풀고 쾌감을 느끼게 하는 모든 행위를 통칭한다.

② 핑거링

질구나 애널에 손가락을 넣어 부드럽게 만드는 애무.

3. 오럴섹스(구강성교)

① 오럴

구어체로 '펠라티오'를 지칭하는 줄임말. 커닐링구스는 포함하지 않는다.

② 펠라티오

여성 혹은 남성이 상대 남성의 페니스를 입에 넣고 빨거나 핥는 행위를 뜻한다.

③ 커닐링구스

남성이 상대 여성의 성기(음핵, 질구 등)를 입과 혀로 애무하는 것을 의미한다.

④ 리밍

상대의 항문을 입과 혀로 애무하는 행위.

4. 피스톤 운동

피스톤 운동, 피스톤질, 추삽질, 허릿짓, 용두질, 방아질, 왕복(운동)

북마녀 Tip! '허릿짓'의 경우 '허릿짓', '허리짓', '허리 짓' 등 출판사에 따라 다양하게 교정되어 출간되고 있으나, '날갯짓'과 같이 사이시옷 규정에 따라 '허릿짓'으로 쓰는 게 옳다고 본다.

5. 사정

사정, 파정

북마녀 Tip! 두 단어는 소설에 나와도 튀지 않으므로 그대로 써도 된다.

6. 오르가슴

① 오르가슴

성적 흥분이 최고조에 도달하며 느끼는 쾌감으로 생리적 반응이 동시에 나타난다. 남성은 사정이 수반되고 여성은 성기 쪽 근육이 수축되는 것을 기본으로 한다. 여성의 경우 오르가슴 반응이 다양한 편이다.

② 절정

오르가슴을 의미하는 문학적인 표현이다.

③ 드라이 오르가슴

사정을 동반하지 않는 오르가슴.

④ 여성 사정(시오후키)

원론적으로는 오르가슴 때문에 하얀 액체(애액은 확실히 아니며 오히려 정액과 비슷한 체액)가 분출되는 현상을 뜻하지만, 최근에는 남성 시오후키처럼 소변 분출까지도 통칭하는 경향이 있다.

⑤ 남성 시오후키

사정 후에도 자극이 지속될 시 정액이 아닌 체액(소변)이 분출되어 버리는 현상. BL에서 주로 등장하지만, 간혹 여공남수 계열의 로맨스나 로판에서도 나올 수 있다.

7. 약S 플레이

① 스팽/스팽킹

신체 부위를 손이나 도구로 때리는 행위. 단, 여성의 음부나 가슴, 따귀를 때리는 것은 불호 독자가 많고 큰 거부감이 들 수 있다.

② 브레스컨트롤(브컨)

성행위 도중 목을 졸라 호흡을 막는 행위. 강제적 저산소증 때문에 일종의 쾌감을 느끼게 된다. 캐릭터에 따라 조절이 필요하다.

③ 페이스 시팅

상대의 얼굴을 음부로 깔아뭉개는 행위. SM플레이에서는 호흡을 막을 정도로 가학적인 동작이지만, 웹소설에서는 커닐링구스나 리밍과 이어지는 동작으로 활용된다.

8. 자위

자위, 수음

북마녀 Tip! 자신의 성기를 스스로 애무하여 쾌감을 일으키는 행위. '마스터베이션'도 같은 뜻이지만 글자수가 많은 외래어라 소설 속에선 잘 쓰지 않는다.

Part 3

충분히 써야 만족하는 '동사'

웹소설의 씬에서 가장 큰 비중을 차지하는 것은 인물의 동작이다. 동사는 인물이 하는 동작을 상세히 보여주는 역할을 한다. 애무, 삽입, 피스톤 운동 등 성행위에 해당하는 직접적인 동작뿐만 아니라, 본격적으로 행위에 돌입하기 전, 그리고 씬이 마무리된 후의 동작들 역시 모두 동사로 진행된다. 한마디로 씬의 주요 서술은 동작과 동작과 동작의 총합이라고 해도 과언이 아니다. 결국 작가가 선택하는 동사들의 뉘앙스가 어떤 느낌으로 지속되는지에 따라 해당 씬의 분위기가 정해진다.

일반적으로 삽입과 피스톤 운동 단계에서는 강하고 거센 분위기가 유지된다. 특별히 강압적인 관계가 아닌 상황에서도 마찬가지다. 상대적으로 애무가 부드러울 수는 있으나, 애무 단계가 늘 자상하지만은 않다. 스토리 및 인물의 성격, 신체 구조의 특징, 씬의 위치에 따라 각각의 분위기는 달라지기 마련이다. 설정에 맞춰 분위기가 정해졌다면 그에 어울리는 의미의 동사를 고르는 것이 작가의 몫이다.

웹소설에서는 과도한 심리 묘사를 배격하는 것이 기본이다. 그중에서도 특히 빠르게 진행되는 씬의 특성상 인물의 동작이 계속 이어지게 된다. 심리 묘사를 쓰더라도 인물의 속마음보다는 신체적 반응, 기분에 대한 묘사가 더 들어간다. 이 반응 묘사에도 동사가 필요하다. 물론 이 묘사의 분량이 너무 길어지면 씬의 맥이 끊기므로 신속하게 다음 동작으로 넘어가야 한다.

가두다

북마녀 Tip! 실제로 어딘가에 가둔 게 아니라 도망칠 수 없도록 몸집과 무게로 막는 행동. 벽과 자기 몸 사이, 침대와 자기 몸 사이에 상대가 끼어 있도록 하는 것이다. 싱크대, 책장 등 가구 앞의 장면에서도 활용할 수 있다. 덩치 차이가 난다면 가구 없이도 포옹의 의미로 쓸 수 있다.

> 남자는 나를 벽에 밀어붙여 제 품 안에 완전히 가두었다.

가득차다/가득 채우다

북마녀 Tip! 성기가 뿌리 끝까지 삽입된 상태를 표현한다. 간혹 체내사정으로도 쓸 수 있다. 배 혹은 구멍 부위를 목적어로 적어주면 된다. 띄어쓰기를 꼭 확인할 것.

> 남자의 양물이 뿌리 끝까지 밀려들어 배 안을 가득 채웠다.

가르다

북마녀 Tip! 양쪽으로 벌어질 수 있는 틈 사이로 진입하는 동작. 입술, 허벅지, 하체의 은밀한 속살 사이로 파고들 때 쓴다. 키스 장면으로는 15금에서도 가능하지만, 하체를 묘사한다면 위험하다. 신체 부위를 생략하기가 힘든 동사.

> 긴 손가락이 젖은 속살을 가르고 들어와 꽉 다물린 구멍을 찾아냈다.

간질이다

북마녀 Tip! 혓바닥이나 손가락으로 특정 부위를 문지르거나 건드려 간지러운 느낌이 들게 하는 동작이다. 문장에서 이 단어가 동사의 위치에 있는 것도 가능하지만 동사의 느낌을 살리는 보조적 역할을 수행하도록 할 것. 씬에서는 '간질이는' 게 목적이 아니다.

> 혀끝으로 간질이듯 젖꼭지를 건드렸다.

갈라지다

북마녀 Tip! 인간의 몸에서 갈라진 부위는 전부 은밀한 위치이기 때문에 15금에서 쓰기 힘들다.

> 갈라진 틈새로 손가락이 꾸역꾸역 들어와서는 구멍이 있는 자리를 푹 찔렀다.

감싸다

북마녀 Tip! 손바닥 등 무언가로 전체를 둘러서 싸는 동작. '움켜쥐다' 등 세게 쥐는 동작보다 강도가 약한 느낌을 표현한다.

> 가슴을 감싼 손가락 사이로 말랑한 살이 삐져나왔다.

감아쥐다

북마녀 Tip! 손이나 팔로 움켜잡는 동작. 감는 행위가 선행되고 곧이어 움켜쥐는 모습을 간략하게 묘사한다.

> 가슴을 감아쥔 손바닥에 발딱 선 유두가 비벼졌다.

개발하다/개발되다

북마녀 Tip! 특정 부위를 만지면 쾌감을 느끼게끔 교육한다는 의미의 속된 표현. 일반적인 로맨스에서 남주가 이 말을 하면 조금 곤란하지만, 여주 본인 입장에서 하는 건 상관없다. 엄청난 더티 토크를 포함하는 뽕빨물이라면 가능할 듯. BL에선 그냥 써도 된다.

> 아침저녁으로 이렇게 가슴을 빨리다 보니 나도 모르게 개발이 되어 버린 건지 이젠 손끝으로 건드려지기만 해도 머리가 핑 돌았다.

결박하다

북마녀 Tip! 몸이나 손을 실제로 묶는 경우뿐만 아니라, 손목을 꽉 잡아 움직이지 못하게 할 때도 쓴다.

> 두 손을 결박하여 침대 헤드에 묶은 후 순식간에 바지를 벗겨냈다.

결합하다

북마녀 Tip! 성기가 구멍에 삽입된 상태를 의미한다. 피스톤 운동을 하는 과정을 포함하지 않는다.

> 완전히 맞물려 결합된 부위를 확인하고 나서야 만족스럽게 웃었다.

경련하다

북마녀 Tip! 애무나 절정에 의해 저절로 일어나는 움직임. 15금에서는 특정 부위가 아니라 그냥 인물이 경련했다는 식으로 쓰면 크게 문제 되지 않는다.

> 여린 점막이 왈칵 물을 쏟아내며 잘게 경련했다.

고이다

북마녀 Tip! 구멍에 체액이 모인 모습을 묘사하는 단어. 타액이 모인 모습은 야하기보다는 지저분한 느낌이라 굳이 넣지 않는다. 주로 정액이나 애액을 표현할 때 쓴다. '괴다'도 같은 뜻이지만 어감상 예쁘지 않아 활용 빈도가 낮다.

| 질구에 고여 있던 점액이 회음부로 흘러내렸다.

고정하다

북마녀 Tip! 상대가 팔이나 다리를 움직이지 못하도록 잡아 누르는 동작. 누르는 위치를 함께 설명해주는 것이 좋다.

| 머리 위로 두 팔을 단단히 고정한 채 으르렁거렸다.

곧추서다

북마녀 Tip! 꼿꼿이 서 있다는 뜻으로, 남성기가 발기한 상태를 묘사한다. 맥락상 길이가 긴 뉘앙스가 있어서 유두를 표현하기에는 좀 어색하다.

| 아랫배에 닿을 듯 곧추선 기둥을 질구에 대고 단번에 찔러 넣었다.

곱아들다

북마녀 Tip! 사전적 의미로는 추위에 얼어서 감각이 없고 굳은 상태를 말하지만, 어감상 자신도 모르게 발가락에 힘을 주어 오므린 느낌을 표현한다. 주로 여주나 수가 흥분한 상태의 신체적 반응으로 등장한다. 일반적인 로맨스에서 남주가 애무를 받는 경우 이 동작을 쓰지는 말 것.

> 참기 힘든 쾌감에 발가락이 곱아들었다.

관통하다

북마녀 Tip! 인체의 세로(척추, 머리부터 발끝까지 등)에 이어지는 쾌감을 설명할 때 주로 쓴다. 삽입 장면에서 받는 사람(구멍 주인)의 기분으로 쓰는 건 괜찮지만, 삽입 동작 설명으로 쓰는 건 의미가 완전히 다르므로 이상해 보인다.

> 그 순간 그녀는 척추를 관통하는 듯한 전류에 몸을 발발 떨었다.

괴롭히다

북마녀 Tip! 성관계의 매우 은유적인 표현으로, 씬 자체를 지나가듯이 설명할 때 쓸 수 있다. 씬 내에서 집요한 애무를 비유적으로 표현하기도 한다.

> 밤새 잠 한숨 자지 못하도록 괴롭혀 놓고는 아침부터 또 달려들다니.

그러쥐다

북마녀 Tip! 그러모아 손안에 틀어쥐는 동작. 압력을 가하여 세게 잡는 뉘앙스이고, 대상이 손안에 다 들어와야 하기 때문에 엉덩이 등 한 손에 잡히지 않는 부위에는 어울리지 않는다. 가슴, 손목, 발목, 목을 잡는 장면에서 활용할 것.

> 허리를 감싸 당긴 후 두 손으로 가슴을 그러쥐었다.

기립하다

북마녀 Tip! 남성기가 완전히 발기한 상태를 말한다.

> 버클을 풀어 내리자 흉흉하게 기립한 페니스가 튀어나왔다.

긴장하다

북마녀 Tip! 불안한 마음에 몸까지 뻣뻣해진 상태를 의미한다. 이 동사에 따른 결과를 같이 묘사하는 것을 권한다.

> 긴장하여 더욱 좁아진 틈을 귀두로 벌리며 억지로 밀어 넣었다.

깔리다

북마녀 Tip! 눕혀지는 상황을 표현하는 단어. 눕히는 상대가 몸집이 크다는 정보를 은연중에 묘사한다. BL에서는 누가 공인지 수인지를 확인 및 정의할 때 쓰기도 한다. 물론 깔리는 사람이 수.

| 거대한 남자의 몸 아래 깔리고 나서야 뒤늦게 버둥거렸다.

깔짝거리다/깔짝대다

북마녀 Tip! 사전적 의미로는 자꾸 긁거나 만지작거린다는 뜻. 그러나 씬에서는 단순히 피부를 만지는 느낌이 아니라 구멍에 무언가를 가볍게 넣었다 뺐다 하는 의미로 활용한다. 애무에서도 쓸 수 있고, 성기 삽입 시작을 알리기도 한다.

| 남자의 손가락이 갈라진 틈새로 비집고 들어와 깔짝대고 있었다.

깨물다/깨물리다

북마녀 Tip! 살점을 세게 무는 동작. 신체 부위가 은밀하지 않으면 15금도 가능하다.

| 아프게 깨물릴 때마다 고통과 쾌감이 섞여 머릿속을 가득 채웠다.

꺼떡거리다/꺼덕거리다

북마녀 Tip! 성적 흥분에 의해 페니스가 발기하다 못해 저절로 자꾸 움직이는 모양새를 표현한다. 페니스를 자의로 움직이는 건 불가능하다.

> 페니스가 바짝 머리를 세워 복부에 닿을 듯 꺼떡거렸다.

꼴리다

북마녀 Tip! 사전적 의미로는 '발기'를 뜻하지만, 남녀 무관 '하고 싶다'는 뜻으로 쓴다. 다만 대사 혹은 1인칭 시점의 구어체스러운 '생각' 지문에서 쓰는 게 좋다. 차분하거나 다소곳한 타입의 여성 캐릭터에는 어울리지 않으므로 다른 표현으로 대체하는 게 낫다.

> "왜, 야한 소리 들으니까 막 꼴리고 그래?"

꿀럭이다/꿀렁이다

북마녀 Tip! 체액이 흘러나오는 모습을 표현. 여성의 애액에는 어울리지 않는다.

> 두꺼운 손에 잡힌 내 성기에서 백탁액이 꿀럭이며 새어 나왔다.

꿰뚫다

북마녀 Tip! 매우 강한 힘으로 완전히 삽입하는 행위를 말한다. 남녀 상관없이 첫경험(삽입)의 장면에 가장 잘 어울린다. 반드시 첫경험이 아니어도 충분히 쓸 수 있다.

> 남자가 뿌리까지 성기를 빼냈다가 다시 한 번 그녀를 꿰뚫었다.

끌어내리다

북마녀 Tip! 상대의 바지나 속옷을 내리는 동작. 여성의 겉옷이나 브래지어를 벗길 땐 이 단어가 어울리지 않는다.

| 푹 젖어 버려 속이 투명하게 비치는 팬티를 무릎까지 끌어내렸다.

끌어안다

북마녀 Tip! 끌어당겨 안는 동작으로, 동작 주체의 품에 상대의 몸이 부딪혀 안기게 된다.

| 어깨를 끌어안은 채 계속해서 아래를 처박았다.

내려앉다

북마녀 Tip! 글자 그대로 내려와 앉는 동작을 말한다. 다만, 남주가 위쪽에 있을 때의 행동으로 이 단어를 쓰면 안 된다. 여주가 남주의 몸 위에 올라타 삽입을 스스로 시도하는 상황에서 활용한다. BL의 수도 마찬가지.

> 선단 끝에 아래를 맞춘 후 천천히 내려앉았다.

내리꽂다

북마녀 Tip! 강하고 거친 삽입 동작. 다양한 체위에서 쓸 수 있다. 앉아 있거나 서 있는 자세에서 삽입당하는 상대를 컨트롤하는 방식으로도 쓸 수 있다.

> 그가 내 엉덩이를 받쳐 들어올렸다가 팽팽하게 올라붙은 성기 위로 내리꽂았다.

내리누르다

북마녀 Tip! 침대나 바닥에서 상대가 움직이거나 피하지 못하도록 압박하는 장면을 연출할 때 쓴다.

> 묵직한 힘이 엎어진 몸을 마구잡이로 내리눌렀다.

내리치다

북마녀 Tip! 위에서 아래로 힘껏 치는 동작. 손바닥으로 한두 번 정도 찰싹 때리는 스팽킹 장면에서 손동작으로 활용하는 단어다. 스팽킹 자체는 가슴, 엉덩이, 허벅지 모두 가능하지만, 어감이 좀 거센 편이라 여성의 몸, 특히 가슴에 쓰면 진짜 폭력처럼 보일 수 있으므로 주의한다. 약한 부사로 어감을 약화시켜줄 필요가 있다.

> 남자의 손바닥이 찹쌀떡 같은 엉덩이를 가볍게 내리쳤다.

내뿜다

북마녀 Tip! 속에 있던 것을 밖으로 세차게 밀어 내보내는 동작이다. 남성의 사정 장면에서 활용한다.

> 잔뜩 내뿜은 백탁액이 엉덩이골을 타고 흘러내렸다.

넓히다

북마녀 Tip! 성기가 충분히 들어갈 수 있도록 구멍을 애무하여 촉촉하게 만드는 행동을 의미한다.

> "여기 넓히지 않으면 내일 못 일어날 수도 있어."

녹아내리다

북마녀 Tip! 진득한 애무를 받은 탓에 쾌감으로 완전히 녹아서 밑으로 처지는 느낌이 들 만큼 몸이 힘없이 퍼지는 모습. 명확한 신체 부위를 적시하는 것보다는 '몸 전체'나 '하체'와 같이 뭉뚱그려 표현하는 것이 어울린다.

> 아래가 흐물흐물 녹아내릴 때까지 애무한 다음에야 좆을 넣어 주었다.

다물리다

북마녀 Tip! '다물다'의 사동사로, 자동사(스스로 한 행동)와 동일한 뜻으로 활용할 수 있다. 입술 외 다른 구멍들도 가능하지만 15금에선 입술만 허용된다.

> 다물린 입술 틈으로 혀를 끼워 지그시 물었다.

달뜨다

북마녀 Tip! '들뜨다'와 유사한 뜻이지만 씬에서는 성적인 흥분과 높은 체온 및 열기로 달아오른 상태를 설명한다. 특히 여주와 수의 상태를 묘사할 때 쓸 것.

> 달뜬 얼굴로 색색거리는 여자의 턱을 움켜쥐었다.

달라붙다

북마녀 Tip! 끈기 있게 찰싹 붙는 느낌을 뜻하며, 애무나 삽입 시 속살이나 내밀한 안쪽 부위가 해당 행위를 본능적으로 좋아한다는 것을 상징한다. 이는 인물의 이성이나 불호 감정과는 무관하게 발생하는 현상이다.

> 주름진 내벽이 빨판처럼 달라붙어 손가락을 놓아 주지 않았다.

달아오르다

북마녀 Tip! 화끈거릴 정도로 열이 나고 붉어지는 느낌. '붉게' 또는 '발그레하게'와 같이 붉음을 표현하는 관련 부사를 관용적으로 붙인다.

> 난생처음 당하는 수치스러운 자세에 두 뺨뿐만 아니라 가슴까지 발그레하게 달아올라 있었다.

더듬다

북마녀 Tip! 잘 보이지 않는 상황에서 이리저리 만져보는 동작을 말한다. 즉, 옷이 완전히 벗겨진 알몸 상태에서 쓰면 어울리지 않는다. 옷 사이로 손이 들어가거나, 눈을 가려서 보이지 않는 상황에 적합하다.

> 남자의 손이 거침없이 다리 사이로 들어가 속옷 위를 더듬었다.

덧그리다

북마녀 Tip! 조심스럽게 더듬듯이 만지는 의미로 활용한다. 살집을 힘주어 주무르는 것은 아니다.

> 다정한 손길이 목과 어깨, 가슴을 덧그리며 천천히 내려왔다.

덮치다

북마녀 Tip! 상대에게 급히 다가서며 거의 쓰러뜨릴 때 활용한다. 감정 표현으로 쓰거나 과감한 수준의 동작으로 묘사할 땐 15금도 가능하다.

> 침대에 눕혀지자마자 남자의 육중한 몸이 그대로 덮쳐 왔다.

돌리다

북마녀 Tip! 성기가 완전히 삽입된 채로 하체를 둥그렇게 움직이는 동작을 의미한다. 밀착된 상태라 자극점이 더 건드려질 수 있다. 허리, 골반, 하체, 아랫도리 등을 목적어로 추가하여 쓴다.

> 내벽 끝까지 기둥을 처박고서 허리를 뭉근하게 돌려댔다.

뒤덮다

북마녀 Tip! 애무 단계에서 입이나 손이 해당 부위를 남김없이 가려지도록 덮을 때 활용한다. 15금에서도 키스 장면에서 쓸 수 있다.

> 사내의 입술이 온통 젖어 버린 질구를 뒤덮었다.

뒤를 풀다

북마녀 Tip! 애널에 무언가를 넣을 수 있도록 넓히는 애무 동작이다. 신체 구조 특성상 출혈이 심각할 수 있어 사전애무가 필수. 이성애 로맨스에서는 애널 삽입이 거의 없기 때문에 쓰이는 일이 드물고, 주로 BL에서 많이 나오는 표현이다. 달달한 씬이 아니어도 BL에선 웬만하면 이 애무를 하고 들어가는 경우가 많다. 상대가 해주는 것보다 스스로 할 때 이 표현을 활용하는 빈도가 높다.

> 저렇게 무시무시한 물건을 달고 있다니 혹시 몰라 혼자 뒤를 풀어둔 게 신의 한 수였다.

뒤섞이다

북마녀 Tip! 체액이 한데 그러모아지는 모습을 설명할 때 쓴다. 구조적으로 '몸'이 뒤섞인다고 표현할 수는 없다.

> 입안에서 서로의 타액이 착실하게 뒤섞이다가 흘러내렸다.

뒤엉키다

북마녀 Tip! 격정적인 키스 혹은 포옹의 동작. 포옹일 경우 씬의 도입부에 쓴다. 한쪽에 의한 강압적인 상황에선 의미상 어울리지 않고 양쪽 모두 적극적인 장면에서 더 어울린다.

> 두 사람의 혀가 난잡하게 뒤엉켰다.

뒤틀다

북마녀 Tip! 도망치거나 벗어나기 위해 마구 비트는 느낌을 표현한다. 주로 상체, 허리, 몸의 동작에 활용한다.

> 입구를 쑤셔 오는 성기를 피하려 몸을 뒤틀었지만 이내 허벅지를 붙잡혀 한계까지 벌려졌다.

뒹굴다

북마녀 Tip! 성관계를 맺는다는 뜻을 비유적으로 표현.

> 오늘처럼 또 한바탕 음란하게 뒹굴자는 소리였다.

드나들다

북마녀 Tip! 피스톤 운동 동작에 주로 쓰지만, 손가락이나 딜도 등의 움직임으로도 활용할 수 있다.

> 흉기 같은 좆이 수없이 드나드는 통에 구멍이 잔뜩 부어 아직 다물어지지도 않았다.

들락날락거리다

북마녀 Tip! 성기나 손가락이 반복적으로 들어갔다 나오는 모습을 뜻한다. '드나들다'와 동일한 뜻이지만 훨씬 자극적으로 느껴지는 표현.

> 굵직한 성기가 끊임없이 아래를 쑤시며 들락날락거렸다.

들썩이다

북마녀 Tip! 허리나 엉덩이를 들었다 놓는 동작. 주로 여성이나 수의 동작으로 쓰고 이 동작만으로는 그리 야하지 않아 15금도 가능하다. 남성이나 공의 경우, 누워 있거나 펠라티오를 받을 때에만 할 수 있는 동작이다. 일반적인 삽입에서는 이 동사가 어울리지 않는다.

> 그녀가 엉덩이를 들썩이며 삽입을 보챘다.

들쑤시다

북마녀 Tip! 삽입 및 피스톤 운동 행위를 묘사한다. 손가락은 그다지 어울리지 않는다. 수동형 '들쑤셔지다'도 활용도가 높다.

> 흉측한 좆이 난폭하게 아래를 들쑤실 때마다 저절로 앓는 소리가 새어 나왔다.

들어차다

북마녀 Tip! 입이나 내벽에 다량의 무언가 가득찬 상태를 설명한다. 일반적으로 애액, 정액 등 체액이 언급되지만, 이물감이 드는 다른 도구가 될 수도 있다. 구조적으로 음란성을 끌어올리는 표현이다.

> 꽉 들어찬 남자의 기둥이 더 들어갈 수 있다는 듯이 자궁 입구를 건드렸다.

따먹다

북마녀 Tip! 사랑 없이 불순한 의도로 유혹하여 성관계를 맺는 의미의 은어다. 현실 세계에서 남성이 여성을 향해 쓰는 경우가 많고, 상대를 비하하는 의미가 매우 강하여 아주 부정적인 뉘앙스다. 여성향 남주가 상대를 사랑하든 사랑하지 않든 여성을 향해 이 말을 쓰려면 납득할 만한 설정이 필요하다. 일반적으로는 악역에 어울린다. 단, 반대의 입장으로 설정을 전복하여 활용하면 의외의 재미가 생긴다. 남성간의 상황에서도 마찬가지.

> "누나, 어린 후배 홀랑 따먹고 모른 척하니까 재밌었어요?"

때려 박다

북마녀 Tip! 거칠고 난폭하게 삽입 및 피스톤 운동을 하는 모습. 실제로 때린다는 의미는 아니다.

> 죽일 듯한 눈빛을 하고서 성기를 쾅쾅 때려 박았다.

떡치다

북마녀 Tip! 성행위를 이르는 속된 표현이다. 아무리 더티 토크를 하는 캐릭터여도 깨는 경우가 왕왕 있으므로, 성격에 맞게 주의하여 쓸 것.

> "이번 주 내내 나와 떡쳐 놓고서, 그 남자한테 가겠다는 소리가 나온다 이거지?"

뚫리다

북마녀 Tip! 생전 처음 성기 삽입을 경험하는 경우를 말하는 속된 표현. BL에서 더 쉽게 자주 쓰인다. 로맨스에서는 거의 쓰지 않는 표현이고, 남주 캐릭터가 조폭남 정도로 악당 캐릭터인 경우에만 더티 토크로 활용한다. '뚫다'로는 쓰지 않는다.

> "오늘 네 아래가 처음으로 뚫리는 날인데 아직 준비가 안 된 것 같네."

마찰하다

북마녀 Tip! 서로 닿아 비벼지는 상황을 표현한다. 단, 이 단어 자체는 건조한 느낌이 강하므로 씬에서 애무 중이거나 이후의 상황일 경우 문장에 젖은 느낌이 나는 표현을 추가하는 게 좋다.

> 체액이 흘러내리는 허벅지의 틈을 좆이 드나들자 마찰하는 소리가 방안을 울렸다.

맛보다

북마녀 Tip! 씬에서 상대에 대한 욕구를 비유적으로 표현하기도 하지만, 실제로 상대의 체액에 대한 직접적인 행위 직전에도 쓸 수 있다. 입술이나 혀로 하는 애무를 묘사하기에도 좋다.

> 손에 묻어나는 그녀의 액을 한번 빨아먹고 나자 제대로 맛보고 싶어졌다.

맞닿다

북마녀 Tip! 어떤 부위든 상관없이 두 사람의 신체 부위가 서로 닿는 모습. 그러나 구멍에 들어가는 동작으로는 쓰지 않는다.

> 남자의 몸과 맞닿자마자 나는 가슴팍을 밀며 몸서리쳤다.

맞물리다

북마녀 Tip! 한쪽이 한쪽을 일방적으로 무는 게 아니라, 양쪽에서 서로 겹쳐 있는 모습을 뜻한다. 세게 깨문 상태보다는 입을 벌리며 지그시 문 느낌이다. 보통 키스 장면의 시작점에서 혀 등장 전에 활용한다. 성기가 구멍에 완전히 삽입된 상태를 표현할 수도 있으나 이 경우는 15금 불가.

> 두 입술이 맞물렸다 떨어지면서 질척이는 소리를 냈다.

매달리다

북마녀 Tip! 성관계를 전혀 원하지 않는 감정선에서는 이 동작이 나올 수 없다. 원하지 않는데 이 동작을 한다면 그럴 만한 이유가 있어야 한다. 몸이 들어올려지는 자세에서 본능적으로 하게 되는 반응으로 자주 나온다.

> 별안간 몸이 허공에 들리자 놀란 그녀가 비명을 지르며 그에게 매달렸다.

머금다

북마녀 Tip! 씬에서 정액이나 신체 부위를 입에 담는 동작을 묘사할 때 쓴다. 이를 내어 무는 것은 아니고, 약간 빨아들이는 느낌으로 무는 느낌이다. 남성기, 여성의 음핵, 가슴 부위 등 조금이라도 튀어나온 부위의 애무에 어울린다.

> 풍만한 가슴을 입안 가득 머금었다.

몸부림치다

북마녀 Tip! 위압적인 상황을 벗어나기 위해, 혹은 고통을 참아내기 위해 온몸으로 애쓰는 모습. 단어 자체에 '몸'이 들어 있기 때문에 단독으로 쓴다. 이 동사에 신체 부위를 붙이면 어감이 좋지 않고 의미상 비문이 된다.

> 입구가 찢어지는 고통을 이기지 못하고 손끝으로 매트리스를 긁으며 몸부림쳤다.

문지르다

북마녀 Tip! 실상 신체 부위 없이 쓰기가 힘든 단어다. 15금 수위의 신체 부위에 이 단어를 붙이면 오히려 좀 어색하거나 섹텐이 없는 표현이 되는 경우가 많다.

> 쿠퍼액을 잔뜩 흘리고 있는 선단을 잡아 엄지로 살며시 문질러 보았다.

묻히다

북마녀 Tip! '묻다'의 사동사로, 체액을 손가락이나 성기 등에 들러붙게 하는 동작. 흔적을 남기려는 의도도 가능하지만, 대체로 삽입이나 애무를 수월하게 하기 위한 사전 동작의 기능으로 활용한다.

> 애액을 묻힌 손가락을 입으로 가져가 쪽 빨아 삼켰다.

뭉개다

북마녀 Tip! 모양이나 형태가 변하도록 짓이긴다는 뜻으로, 실제로 그러진 않고 거칠게 누르고 자극하는 동작을 표현한다. '가슴'처럼 통칭되는 부위의 애무로도 가능하지만 특정 포인트를 확실하게 적시할 때 더 구체적인 묘사가 된다.

> 깊이 숨어 있는 스팟을 찾아내 뭉개듯이 누르자 하얀 몸이 자지러졌다.

뭉그러지다

북마녀 Tip! 완전히 망가진 건 아니고 순간적으로 모양이 변형되는 모습. 보통 여성의 가슴이나 엉덩이가 애무에 의해 변하는 장면에서 활용한다.

| 말랑한 가슴이 단단한 가슴팍에 꽉 눌려 뭉그러졌다.

밀려들다

북마녀 Tip! 구멍으로 성기가 들어오는 동작을 설명한다. 손가락이나 혀가 들어가는 상황에는 썩 어울리지 않는다. '밀려오다'는 파도의 느낌이 강하여 해당 동작에 전혀 어울리지 않으므로 쓰지 않는다.

| 기둥이 더 깊숙이 밀려들며 건드려선 안 되는 곳까지 쑤셔졌다.

밀어 넣다

북마녀 Tip! 남성기 삽입을 설명하는 단어 중 수위가 꽤 약한 표현이다. 15금에서도 쓸 수는 있으나 '성기'를 지칭하는 용어의 수위를 완전히 낮출 것. 예를 들어, '성기'라는 표현 대신 '자신의 것', '몸' 등으로 대체한다.

> 페니스를 밀어 넣자 따뜻한 내벽이 쫀득하게 달라붙어왔다.

밀어붙이다

북마녀 Tip! 위협적으로 상대를 밀되, 뒤에 벽이나 문처럼 막힌 공간일 때 더욱 적절하다. 삽입 동작으로는 그다지 어울리지 않는다. 단어 자체가 야한 건 아니라 15금도 가능하다.

> 남자가 그녀를 벽으로 밀어붙였다.

밀착하다/밀착되다

북마녀 Tip! 두 사람의 신체 부위가 완전히 붙는 동작. 보통 한 쪽의 의도로 이렇게 된다.

> 한 치의 틈도 없이 밀착된 자세가 불편했지만, 그는 자면서도 몸을 놔 주지 않았다.

바르작거리다/바르작대다

북마녀 Tip! 반항의 개념으로 몸부림치는 동작이지만, '몸부림'보다 작게 느껴지는 행동이다. 이미 상대에게 무겁게 눌려 있거나 결박을 당하여 자유로이 움직일 수 없는 상황일 때 쓴다.

> 온힘을 다해 바르작거리며 애원했지만 그는 들어주지 않았다.

박다/박히다

북마녀 Tip! 기본적으로 삽입하는 행위를 말하며 성관계 자체를 지칭하기도 한다. BL에선 누가 공인가를 정의할 때 쓰기도 한다. 물론 박는 쪽이 공이다.

> 밤새 숨을 돌릴 틈도 없이 박아대는 바람에 다음 날 정오까지 침대에서 일어나지 못했다.

박아 올리다

북마녀 Tip! 피스톤 운동 동작. 위에서 내리누르는 자세일 때도 상관없이 쓸 수 있다.

> 눈이 돌아간 남자가 골반을 붙잡고 턱턱턱 박아 올렸다.

받아 내다

북마녀 Tip! 성관계가 진행되었다는 표현으로, 그 관계가 해당 인물에게 상당히 힘겨웠다는 뉘앙스가 들어 있다. 앞뒤 맥락에 따라 인물이 그 관계를 원하지 않았음을 뜻할 수도 있으나, 쌍방 원했을 때도 활용 가능하다.

> 밤새도록 깔려 자신을 받아 내면서도 교성 한 번 내지르지 않았다.

받아들이다

북마녀 Tip! 상대가 키스, 삽입 등 특정 행위를 할 때 별다른 반항 없이 응해 주는 모습을 표현할 수 있다. 성기 등 은밀한 신체 부위를 적시할 경우, 15금은 위험하다.

> 본능적으로 허리를 휘며 난폭한 삽입을 받아들였다.

받아먹다

북마녀 Tip! 남이 주는 것을 먹는다는 사전적인 의미와 연결하여, 구멍에 성기를 삽입하는 모습을 묘사하는 표현. 동작의 주체는 구멍 쪽 인물이지만, 문장 자체가 삽입하는 인물의 관점으로 적히게 된다.

> 버거워하면서도 제 좆을 꾸역꾸역 받아먹는 구멍이 예쁘고 기특했다.

받쳐들다

북마녀 Tip! 씬에서 한 사람의 몸이 약간이라도 허공에 뜬 상황에서 쓴다.

> 남자가 오금 아래를 받쳐들고 안아 올리자 거울 속으로 접합부가 고스란히 비쳤다.

발기하다

북마녀 Tip! 남자의 성기가 성적 자극으로 커진 상태. 좀 딱딱한 전문용어이지만 19금 씬에서 그대로 써도 어색하지 않다.

> 잔뜩 발기한 페니스의 끝에서 선액이 뚝뚝 떨어졌다.

발정하다

북마녀 Tip! 성적 충동이 생긴다는 뜻으로, 사실상 남성기의 발기까지 넓게 비유할 수 있다. '발정나다'와는 달리 자신의 의지가 추가된 뉘앙스.

| "나는 너한테만 발정하니까 네가 나를 책임져야 해."

배태하다

북마녀 Tip! '임신하다'가 어감상 좀 현대적이라 이를 대체할 수 있는 동양풍 표현. 귀족의 말투에 어울린다. 스토리에 따라 씬에서 임신 관련 표현이 나올 수 있다는 점을 유념할 것!

| "내 아이를 배태하려면 씨물을 흘리지 말아야지요."

배회하다

북마녀 Tip! 피부를 만지는 동작을 낮은 수위로 표현하는 단어다. '덧그리다'와 비슷한 느낌이다.

| 손이 미끄러지듯 내려와 배꼽 주변을 배회했다.

뱉어 내다

북마녀 Tip! 체액을 인체 밖으로 내보내는 동작. 정액이나 쿠퍼액, 타액 등 인물의 의도가 들어있는 경우에 쓴다. 여성의 애액에는 이 단어가 어울리지 않는다. '뱉다'보다는 '뱉어 내다'로 쓰는 편이 낫다.

> 타액을 뱉어 내어 치덕치덕 구멍 주변에 발랐다.

번들거리다

북마녀 Tip! 타액이나 애액 등으로 젖은 입술을 표현할 때 활용한다. 맑은 액체가 아닌 정액이 묻은 상황에는 어울리지 않는다.

> 애액이 묻어 번들거리는 입술을 스스로 핥아 삼키며 그녀의 위로 올라왔다.

벌떡거리다

북마녀 Tip! 남성기의 발기를 뜻하는 표현. 다정하고 수줍은 남성의 입장에선 쓸 수 없다.

| 그 하얀 살결을 떠올리니 벌써 아랫도리가 벌떡거렸다.

벌름거리다

북마녀 Tip! 인체의 구멍이 넓어졌다 좁아졌다 하는 모습을 묘사한다. 이 동작은 자신의 의지로 할 수도 있지만 무의식적인 증상으로 나타나기도 한다. 씬에서 보통 질구나 애널은 컨트롤이 힘든 흐름으로 묘사한다.

| 저도 모르게 벌름거리는 구멍을 귀엽다는 듯이 바라보았다.

범하다

북마녀 Tip! 사전적 정의로는 '겁탈'의 개념이지만, 그런 상황이 아니어도 다소 거칠게 진행되는 장면이나 남자가 이성을 잃은 상황에서 활용할 수 있다.

> 남자는 밤새도록 그녀를 범하며 귓가에 끊임없이 더러운 말을 속삭였다.

베어 물다

북마녀 Tip! 입에 들어갔을 때 부피감 있고 말랑한 부위로 한정하여 묘사한다. 손가락이나 무릎, 어깨를 베어 문다고 표현하면 좀 어색해 보인다.

> 남자가 고개를 내려 탐스러운 가슴을 한입에 베어 물었다.

보내 버리다/보내 주다

북마녀 Tip! 절정에 이르도록 만든다는 뜻의 구어체 표현. 남녀 모두에게 쓸 수 있다. 의미 자체는 인지되지만, 특별히 야한 뉘앙스는 아니어서 오히려 15금에도 쓸 수 있다.

> 빨리 보내 버리려는 심산으로 기둥을 죽죽 훑었다.

부둥켜안다

북마녀 Tip! 두 팔로 꽉 끌어안는 동작이다. 섹슈얼한 느낌이 비교적 적은 표현이라 씬의 과정보다는 씬의 전후에 쓰는 것이 더 어울린다.

> 작은 몸을 더욱 세게 부둥켜안았다.

부딪히다

북마녀 Tip! 피스톤 운동 시 몸이 과격하게 맞닿는 상황. 단, 성기가 부딪힐 순 없다. 신체 부위를 구체적으로 적으면 15금 불가하다.

| 엉덩이에 그의 골반이 퍽퍽 부딪힐 때마다 젖은 소리가 가득 울렸다.

부서지다

북마녀 Tip! 관계 도중 피스톤 운동 때문에 몸이 마구 흔들리거나, 격렬한 관계 후 몸 상태를 표현할 때 비유로 활용한다.

| 온몸이 부서질 듯 흔들려 눈앞이 어지러웠다.

부어오르다

북마녀 Tip! 강한 애무나 삽입에 따른 신체 부위의 변화. 주로 가슴, 여성의 음부, 남성의 애널 상태를 설명한다. 남성기를 묘사할 때 쓰면 이상해 보이니 발기 묘사로 쓰지 말 것. 부위를 정확하게 안 쓸 경우 15금에 포함할 수는 있다.

| 밤새 빨린 젖꼭지가 부어올라 있었다.

붙어먹다

북마녀 Tip! '간통하다'를 속되게 이르는 말이지만, 실제로 쓸 땐 결혼 여부와 관계없이 써도 된다. 상대에게 상처를 줄 의도로 일부러 쓸 수도 있고, 당사자 간의 일을 이렇게 표현하는 것도 가능하다. 단어 자체는 음란성이 낮은 편.

> "이왕 복수하기로 했다면 제대로 붙어먹어야 하지 않겠어?"

비비다

북마녀 Tip! 씬에서는 신체 부위를 손바닥 혹은 손가락으로 문지르는 동작을 표현한다.

> 젖꼭지를 손가락 사이에 끼우고 비비자 정점이 빠끔 고개를 쳐들기 시작했다.

비비적거리다/비비적대다

북마녀 Tip! 신체 부위를 맞대어 잇따라 문지르는 동작. 어감상 진득한 애무가 아니라 비교적 가벼운 느낌. 여주나 수가 능동적으로 움직일 때, 그리고 그 움직임이 조금 어설플 때 가장 잘 어울린다.

| 핏줄이 죽죽 선 페니스에 엉덩이를 대고 비비적거렸다.

빠져나가다

북마녀 Tip! 성기를 구멍에서 빼내는 행위를 받는 입장에서 쓸 때 활용한다.

| 성기가 빠져나가자마자 허겁지겁 몸을 뒤로 물렸지만 다시 붙잡혔다.

빠져나오다

북마녀 Tip! 삽입했던 성기를 구멍에서 빼는 동작을 하는 입장에서 쓴 것이다. 15금에서 쓰려면 주변 단어들의 조합으로 드나드는 듯한 삽입 동작을 구현하지 않아야 한다.

> 남자는 피식 웃으며 반쯤 들어갔다가 빠져나오기를 반복했다.

빨다/빨리다

북마녀 Tip! 살점에 입을 대고 입속으로 당겨 들어오게 하는 동작. 사전적 의미로는 '핥다'의 뜻도 포함되어 있으나, 웹소설 씬에서는 반드시 분리하여 묘사한다. 신체 부위가 은밀하지 않으면 15금도 가능하다.

> 얼얼하게 빨리면서도 신음을 참아내는 그녀가 가증스러웠다.

빨아들이다

북마녀 Tip! '빨다'의 뜻을 더욱 강조하며 힘껏 흡입하는 뉘앙스가 있다. 신체 부위가 은밀하지 않으면 15금도 가능하다.

> 남자가 유두를 입으로 힘차게 빨아들이며 그녀를 올려보았다.

빨아먹다

북마녀 Tip! '빨다'에 '먹다'가 합쳐져 삼키는 행위까지 포함한다. 살갗, 살점 등 실제로 먹을 수 없는 부위에는 비유로만 쓰고, 체액에는 실질적인 동작으로 쓸 수 있다.

> 밀려나온 애액을 집요하게 빨아먹은 다음에야 입술을 뗐다.

뻐끔거리다

북마녀 Tip! 인체의 구멍이 좁아졌다 넓어졌다 움직이는 모습. 의도적인 동작은 아니며 저도 모르게 하는 행위다. 신체 부위를 적시하지 않고 동작을 표현하는 게 불가능하다.

> 잔뜩 붉어진 구멍이 제멋대로 뻐끔거리며 삽입을 원하고 있었다.

뽑아내다

북마녀 Tip! 박혀 있는 성기를 밖으로 빼내는 동작이다. '빼내다'와 동일한 표현이다. '뽑다'도 사전적으로 같은 의미이지만 어감상 작은 느낌이 있어서 대물을 표현해야 하는 웹소설 씬에서 어울리지 않는다.

> 마지막까지 내벽을 긁어내리며 성기를 뽑아냈다.

사출하다

북마녀 Tip! 무언가를 쏘아서 밖으로 내쏟는다는 뜻으로, 남성의 사정 행위를 설명한다. 비슷한 글자여도 '배출하다'는 항문을 통한 배설의 의미이므로 쓰지 않는다.

> 남자가 느긋이 허리를 돌리며 마지막 남은 탁액을 모두 사출했다.

삼키다

북마녀 Tip! 무언가를 목구멍으로 넘기는 동작. 애액이나 정액 등을 삼키는 장면은 19금에서만 쓸 수 있다. 타액은 15금도 가능하다. 정말로 삼키지 않아도 입에 넣듯 무는 동작이나 구멍이 성기를 적극적으로 받는 동작을 '삼키다'로 대체할 수 있다.

> 입에 담긴 허연 것을 삼키라며 손으로 입을 막고 놔주지 않았다.

삽입하다

북마녀 Tip! 구멍에 남성기를 넣는 동작으로, 조금 딱딱한 말이지만 그대로 써도 된다. 딜도 등 성인용품에도 활용할 수 있다. 애무를 위해 손가락이나 혀를 넣을 땐 어울리지 않는다.

> 삽입할 땐 좀 버거워도 몇 번이고 쑤시다 보면 좆 모양대로 길이 날 것이다.

새기다/새겨 넣다

북마녀 Tip! 피부에 자국이나 상처가 날 정도로 애무하는 것을 표현한다. 삽입 행위를 은유적으로 묘사할 때도 쓴다.

> 누구도 건드릴 수 없도록 그녀의 온몸에 제 자국을 새겨 넣었다.

새어 나오다

북마녀 Tip! 내부에 담겨 있던 것이 바깥으로 빠져나오는 모습. '흐르다'에 비해 좁은 틈으로 조금씩 빠져나오는 의미가 강하다.

| 질구에서 그가 싸 놓은 정액이 질금질금 새어 나오고 있었다.

색색거리다

북마녀 Tip! 고르지 않고 빠른 숨소리를 뜻하며, 씬에서 '헐떡임'을 대체하는 표현이다. 조금 연약해 보이는 뉘앙스라 성인 남자의 행동 묘사로는 쓰지 않는다. BL의 수는 가능하고, 특히 연약미가 있는 인물일 때 더욱 어울린다.

| 색색거리는 입술이 발갛게 부어오른 채 타액으로 번들거렸다.

샘솟다

북마녀 Tip! 액체가 끊이지 않고 솟아나오는 모습. 애액이나 쿠퍼액에만 쓸 수 있다. 정액이나 타액 묘사는 불가하다.

| 음핵을 핥아줄 때마다 질구에서 투명한 액이 샘솟았다.

세우다

북마녀 Tip! '서다'와 동일한 뜻으로 쓸 수도 있고, 타인의 성기를 발기하도록 만드는 뜻으로도 쓸 수 있다.

> "구멍 좀 쑤셔줬다고 벌써 물건 세운 거야?"

속박하다

북마녀 Tip! '결박하다'와는 달리 물리적으로 몸을 묶는 뜻이 전혀 없다. 움직이지 못하도록 포옹하는 경우도 가능하다. 덩치가 큰 남주나 공의 동작에 쓸 수 있다.

> 사내가 그녀를 속박하듯이 끌어안고는 허벅지 사이에 흉기 같은 양물을 끼웠다.

수축하다

북마녀 Tip! 보통 구멍의 움직임을 설명하며 '조이다'와 같은 의미다. 15금에서는 아랫배 등 다른 근육의 동작으로 에둘러 표현할 수 있다.

> 공을 들여 풀어 놓은 보지 구멍이 꽉 수축하면서 그의 자지를 조여 물었다.

싸다

북마녀 Tip! 남성의 사정을 의미한다. 지문에서는 쓰지 않는 게 좋고, 대사에서 저속한 구어체를 만들고 싶을 때 활용한다. 이 표현을 여주가 직접 쓰는 건 추천하지 않는다.

> "내가 싸기 전에 먼저 가면 되겠어?"

싸지르다

북마녀 Tip! '싸다'를 속되게 이르는 말이라 '싸다'보다 더욱 천박한 느낌을 강조한다. 캐릭터의 특성을 살리기 위해 의도적으로 활용한다.

| 정액을 마지막 한 방울까지 안에 싸지른 후에야 기둥을 꺼냈다.

쏘삭거리다

북마녀 Tip! 사전적 의미에는 '들추다', '뒤지다', '쑤시다'의 뜻이 모두 들어 있으나, 씬에서는 '계속 쑤시듯이 건드리다'의 맥락으로 쓴다. 완전히 성기를 삽입한 상태에서는 어울리지 않는다.

| 옷 안에서 발기한 성기가 그녀의 엉덩이를 사납게 쏘삭거렸다.

쏟아지다

북마녀 Tip! 애액이나 정액이 다량으로 한꺼번에 나올 때 쓴다. 다만 삽입을 한 상태의 성기에서 정액이 나오는 시퀀스에서는 구조적으로 어색해 보일 수 있다. 체외사정이나 자위 혹은 수의 사정에 더 어울린다.

> 질구 깊은 곳에서 울컥울컥 쏟아진 애액이 소음순을 흠뻑 적셨다.

쑤셔 넣다

북마녀 Tip! '쑤셔 박다'와 비슷한 용도로 쓸 수 있는 단어. 만약 구멍에 성인용품을 넣거나, 결박 용도로 입에 뭔가를 넣는 상황이라면 '쑤셔 박다'보다 '쑤셔 넣다'가 조금 더 낫다. 문장 내에서 신체 부위를 안 쓰고 표현하는 것이 불가능하다.

> 붉게 물든 입술을 벌려 좆을 억지로 쑤셔 넣었다.

쑤셔 박다/쑤셔 박히다

북마녀 Tip! 찌르듯이 함부로 깊숙이 꽂아 넣는 동작을 의미한다. '박다'보다 훨씬 더 강한 어감이다.

> 엉덩이를 반쯤 들어 단번에 쑤셔 박았다.

쓰다듬다

북마녀 Tip! 손으로 살살 쓸어 어루만지는 동작. 음란성이 그리 높은 단어는 아니므로 씬의 극초반이나 씬이 끝난 후에 활용하기 좋다. 15금에서는 이 단어로 애무의 수위를 낮출 수 있다.

> 위에선 다정한 손길로 볼을 쓰다듬으면서 아래는 퍽퍽 박아대는 꼴이었다.

쓸다

북마녀 Tip! 스치듯이 가볍게 문지르는 동작을 의미한다. 가벼운 애무나 스마타에서 활용할 수 있다.

> 남자는 자신의 좆을 허벅지 틈에 끼우고 느리게 움직이며 젖은 음부를 쓸었다.

쓸리다

북마녀 Tip! 동사 자체는 야한 표현이 아니지만, 벗은 부위에 관한 묘사로 쓰면 야해진다. 단, 키스 과정에서 수염 자국에 문질러진 정도라면 무난하다.

> 지난밤 내내 엎드린 채로 좆을 받아내느라 엉덩이가 엉망으로 쓸렸다.

쓸어올리다/쓸어내리다

북마녀 Tip! 단어 자체는 크게 야한 이미지가 아니지만, 신체 부위가 은밀하다면 수위가 급격히 높아지므로 15금은 무조건 불가능하다. 등이나 어깨는 15금 가능하다.

> 혀를 길게 내어 갈라진 틈새를 아래에서 위로 쓸어올렸다.

씹다 / 씹어 먹다

북마녀 Tip! 적당한 강도로 여러 번 깨무는 동작을 말한다. 정말 음식을 먹듯 강하게 씹는다는 의미는 아니다. 가슴까지는 어찌어찌 15금에서 OK. 그러나 유두처럼 상세부위가 등장하거나 엉덩이, 허벅지 안쪽부터의 묘사는 15금에서 위험하다.

> 남자는 한참 동안 그녀의 입술을 씹어 놓고 또 부드럽게 달랬다.

안달하다/안달나다/안달이 나다

북마녀 Tip! 씬에서 진척이 느릴 때 조급한 마음을 표현. '안달'을 따로 떼어 쓸 수도 있다.

> 입구만 쿡쿡 찌르며 건드리고 제대로 박아주지 않자 도리어 안달이 나기 시작했다.

압박하다

북마녀 Tip! 몸이나 손으로 누르는 동작에서 쓴다.

> 아무리 몸부림쳐도 양 손목을 압박하는 힘에서 벗어날 수 없었다.

얽히다

북마녀 Tip! 두 사람의 혀가 서로 부딪히고 감기는 키스 장면에서 주로 활용한다. '얽다'보다 '얽히다'를 더 많이 쓴다. 주체적으로 움직일 수 있는 손(손가락)이 깍지를 끼는 장면에서도 쓸 수 있다.

반대로, 두 남자의 페니스가 닿는 모습에는 적용할 수 없다.

| 촉촉한 두 혀가 성급하게 얽혔다가 떨어졌다.

오물거리다

북마녀 Tip! '빼끔거리다'와 유사한 현상이지만, 구멍에 진입한 것을 내벽이 조금씩 움직이며 받아들인다는 의미에 더 가깝다. 입의 동작을 묘사할 시, 펠라티오 장면에서도 활용 가능하다.

| 질구가 오물거리며 굵직한 성기를 겨우 삼켜냈다.

오므리다

북마녀 Tip! 다리가 타의에 의해 벌려지거나 벌려지기 직전에 대응하는 동작이다.

| 황급히 오므렸지만 사내의 우악스러운 손이 재빨리 허벅지를 벌려 놓았다.

옭아매다

북마녀 Tip! 구속에 가까울 정도로 단단히 잡고 있는 느낌을 뜻한다. 보통 딥키스나 강한 포옹에서 쓴다.

> 남자가 혀를 옭아맨 탓에 여자는 고개를 뒤로 물릴 수도 없었다.

옴죽거리다

북마녀 Tip! 오므라들었다 펴짐을 반복하는 동작. 사전적 의미로는 입술도 가능하지만, 웹소설 씬에선 입술로는 쓰지 않는다. 질구, 애널 같은 구멍의 움직임에만 활용할 것.

> 아쉬움에 옴죽거리는 구멍을 찬찬히 관찰했다.

왕복하다

북마녀 Tip! 남성기의 피스톤 운동을 표현한다. 원론적으로 15금 불가이지만 묘사의 수위를 조절한다면 15금이 될 수도 있다.

| 움직이지 못하도록 골반을 붙들고 빠르게 왕복하기 시작했다.

욱신거리다

북마녀 Tip! 강한 애무나 삽입으로 인해 느끼는 격렬한 증상을 표현. 씬이 지나간 후의 통증으로도 설명할 수 있다.

| 그가 강하게 쑤셔 올 때마다 내벽이 미친 듯이 욱신거렸다.

욱여넣다

북마녀 Tip! 함부로 밀어 넣는 느낌의 거친 삽입 동작을 설명할 때 쓴다. 성기나 딜도가 아닌 손가락에는 그다지 어울리지 않는다.

| 발갛게 부은 질구에 자지를 욱여넣는 상상을 몇 번이나 했다.

움찔거리다

북마녀 Tip! '옴죽거리다', '벌름거리다'와 비슷한 뜻으로 구멍이 커졌다 작아졌다 하며 떨리는 움직임을 표현한다.

움찔거리는 질구에 긴 손가락을 쑤욱 집어넣었다.

움츠리다

북마녀 Tip! 몸의 일부를 오그려 작아지게 하는 동작. 인물이 성적 쾌감을 느끼거나, 반대로 행위를 두려워하는 장면에서 활용한다.

흥분감을 견디지 못하고 턱을 달달 떨며 몸을 움츠렸다.

움켜쥐다

북마녀 Tip! 손으로 무언가를 꽉 잡는 동작. 이 단어 자체는 그리 야하지 않으나 무엇을 잡는지에 따라 등급이 갈린다.

> 흔들리는 살덩이를 강한 악력으로 움켜쥐고 허겁지겁 삼켜댔다.

유린하다

북마녀 Tip! 사전적 의미로는 굉장히 부정적인 뜻으로, 강간에 준하는 폭력적인 행위를 함축적으로 설명하는 단어다. 그러나 웹소설에서 적당히 거칠고 난폭한 행위 정도로 약화하여 쓰는 경우도 자주 있다.

> 연약한 구멍을 유린하면서 저 자신도 아래를 세우고 있었다.

융기하다

북마녀 Tip! 사전적 의미를 비유적으로 활용하여 남성기의 발기 상태를 묘사할 수 있다.

> 융기하다 못해 빳빳해진 성기가 팬티를 당장이라도 뚫을 듯이 존재감을 과시하고 있었다.

이어가다

북마녀 Tip! 씬에서 지속적으로 이루어지는 특정 행동을 설명할 때 쓴다. 단어 자체는 야하지 않지만 보통 피스톤질, 좆질 등 피스톤 운동에 붙이기 때문에 15금으로 쓰기엔 무리가 있다.

| 그는 가녀린 골반을 꽉 붙잡고 잠시 멈췄던 피스톤질을 이어갔다.

이어지다

북마녀 Tip! 특정 행위가 끊어지지 않고 계속되는 상황에 활용한다. 행위 주체의 입장은 아니다.

| 추삽질이 이어질수록 고통은 쾌감으로 바뀌었다.

이완되다

북마녀 Tip! 바짝 조이고 뻣뻣했던 부위가 느슨해지는 상태. 씬에서는 일반적으로 좁았던 구멍이 애무로 인해 부드럽게 풀어지고 어느 정도 넓혀진 상태를 표현한다. '몸'처럼 무난한 단어를 묘사하는 수위로만 15금 가능하다. '이완하다'로는 쓰기 힘들다.

> 처음에는 손가락 하나도 겨우 들어갔던 구멍이 이제는 이완되어 세 손가락이나 삼키고 있었다.

자르다/잘리다

북마녀 Tip! 너무 좁은 구멍, 너무 큰 성기, 삽입에 따른 통증 때문에 여성이나 수가 힘을 줌으로써 삽입한 인물이 느끼는 압박감을 극적으로 표현한 것이다. 정말 자르려는 의도가 있는 것은 아니며, 실제로 잘리는 상황도 물론 발생하지 않는다.

> 발갛게 부어오른 구멍이 너무 조여서 좆이 잘릴 것만 같았다.

자지러지다

북마녀 Tip! 쾌감을 느끼다 못해 정신을 못 차리고 몸을 마구 비트는 모습을 표현한다.

> "조금만 만져줘도 좋아 자지러지면서."

잘근거리다

북마녀 Tip! 완전히 물어버리는 건 아니고 이로 살살 깨물었다 놓는 행위를 반복하는 모습. 연한 상처나 멍, 키스 마크 같은 자국이 날 수 있다.

> 젖꼭지를 이로 잘근거리는 한편으로 축축해진 허벅지 사이를 손으로 훑으며 그가 웃었다.

잡아채다

북마녀 Tip! 재빠르게 잡아서 당기는 느낌의 동작을 표현한다. 주로 도망가려는 존재를 대상으로 쓴다.

> 입속에서 이리저리 피하는 혀를 잡아채어 뱀처럼 휘감고 빨아댔다.

저지하다

북마녀 Tip! 상대의 행동을 막으려는 동작. 그러나 씬에서는 결국 막지 못하고 몸을 맡기는 흐름으로 나와야 한다.

| 그의 손길을 저지하려 애썼지만 순식간에 속옷 차림으로 눕혀지고 말았다.

저항하다

북마녀 Tip! 상대의 힘 있는 동작에 굴하지 않고 버티며 피하려는 동작이다. 이 단어 자체를 동사로 활용해도 좋고, 특정 동작의 의도를 설명하는 기능으로 활용해도 좋다.

| 저항하듯 꽉 붙였던 허벅지가 속절없이 벌려졌다.

적시다

북마녀 Tip! 체액이 묻어서 젖어드는 모습을 묘사한다. 일부러 묻혀 젖게 하는 경우에도 쓸 수 있으나, 의도적인 동작보다는 저절로 진행된 상태에 더 어울린다.

| 페니스가 출납할 때마다 흘러나온 액이 질구 주변을 적셨다.

조여 물다

북마녀 Tip! 구멍 속으로 삽입된 것에 속살이 꽉 달라붙으며 단단하게 좁아지는 모습. '조이다'와 '물다'의 조합으로 더 강한 어감을 부여한다.

> 따뜻한 내벽이 꽉꽉 조여 물며 페니스를 놔 주지 않았다.

조여들다

북마녀 Tip! 인물의 의도가 아니라 저절로 저도 모르게 그렇게 되는 맥락으로 쓴다. '오그라들다'의 뜻이 포함되어 있으나 '오그라들다'로 대체할 수 없다.

> 음핵을 빨아주는 것만으로도 질벽이 화끈거리며 조여들었다.

조이다

북마녀 Tip! 괄약근 부근에 힘을 주어서 하체의 구멍을 좁히는 행동. 삽입 전, 혹은 이미 삽입된 후에도 쓸 수 있다. '아래를 조이다'처럼 뭉뚱그릴 수도 있으나 이 역시 15금으로 위험할 수 있다.

> 본능적으로 아래를 조이며 허리를 흔들었다.

주무르다

북마녀 Tip! 살집이 있는 부위를 움켜쥐듯이 반복적으로 만지는 동작을 뜻한다. 실상 가슴과 엉덩이에만 쓸 수 있다. 허리나 다리를 주무르는 것은 씬에서의 동작이 아니다.

> 표정은 느른했지만 가슴을 주무르는 손길은 난폭하기 짝이 없었다.

지분거리다/지분대다

북마녀 Tip! 완전히 움켜쥐는 건 아니고 살짝살짝 만지는 모습. 신체 부위가 은밀하지 않으면 15금 가능하다.

> 그가 여상한 얼굴로 도톰한 음핵을 지분거렸다.

지탱하다

북마녀 Tip! 상대의 몸이나 자신의 몸을 버텨야 하는 자세에서 몸이나 팔로 받치는 행위를 말한다. 이 동작 자체는 야한 게 아니라 15금에서도 얼마든지 쓸 수 있다.

> 그녀는 무릎으로 겨우 몸을 지탱하며 꼿꼿이 선 귀두에 질구를 비볐다.

진입하다

북마녀 Tip! 삽입을 의미하는 표현. 손가락이나 혀의 동작으로 쓰면 조금 어색할 수 있지만, 성기를 대체하는 딜도는 가능하다.

| 험악한 성기가 구멍을 억지로 벌려가며 안으로 진입했다.

질금거리다/질금대다

북마녀 Tip! 체액이 아주 조금씩 새어 나와 흐르다가 그치는 것을 반복하는 모습이다. 일반적으로는 눈물을 흘리는 모습으로도 적을 수 있으나, 씬에서는 주로 애액이 흐르는 모습을 묘사한다.

| 질구가 착실하게 애액을 질금거렸다.

질컥이다

북마녀 Tip! 왠지 모르게 잘못 쓴 느낌이 있으나, 이 역시 표준어다. '질척이다'와 같은 뜻으로, 체액 때문에 해당 부위가 젖고 끈적이는 상태를 표현한다. '질척이다'와는 달리, 정액 묘사를 할 수 있다. 특히 구멍 속에 사정하여 정액이 들어 있는 상태를 설명할 때 찰떡같이 어울린다.

> 놈이 싸지른 정액이 구멍 안쪽에 가득 차 있어 손가락을 들이밀 때마다 질컥였다.

집어삼키다

북마녀 Tip! 입을 한껏 벌려 깨물듯이 무는 모습. 15금에선 입술 정도로 마무리해야 한다.

> 그는 그녀가 더 이상 말하지 못하도록 재빨리 입술을 집어삼켰다.

짓누르다

북마녀 Tip! '누르다'를 강조한 표현으로, 조금 더 억압적인 뉘앙스가 있다. 등, 머리, 어깨 등 눌렀을 때 좀 위압적으로 느껴지는 부위에 적용할 수 있다. 혹은 내벽을 애무할 때 활용한다.

> 커다란 손이 그녀의 등을 짓누르듯 바짝 당겨 제 몸에 붙였다.

짓무르다

북마녀 Tip! 살갗이 헐어서 문드러진 상태를 의미하며, 눈물로 인한 눈 주변 상태, 과격한 접촉으로 인한 구멍의 상태를 설명할 때 쓴다. 이에 비해 '문드러지다'는 의미가 과해서 쓰지 않는다.

> 몇 번이나 체액을 쏟아내며 눈가가 짓무르도록 울어야 했다.

짓뭉개다/짓뭉개지다

북마녀 Tip! 거친 동작 때문에 내벽이 쓸리고 고통받는 상황을 표현한다.

> 뱃속을 짓뭉개기라도 할 것처럼 무자비하게 쑤셔 넣었다.

짓밟다

북마녀 Tip! 함부로 마구 밟는다는 원형의 뉘앙스를 살려 심히 강압적인 성행위를 내포한다. 실질적인 폭력을 무조건 동반하는 것은 아니며, 상대를 향한 가학심을 강조하는 표현에 가깝다.

| 음란하게 흐트러져 있는 녀석을 더 처절하게 짓밟고 유린하고 싶었다.

짓씹다

북마녀 Tip! '씹다'보다 더 강하게 힘을 준 느낌으로, 상대의 신체 부위에 입을 대고 하는 동작. 인물의 불안, 불만족, 쾌감으로 인한 신체 반응으로 자신의 입술에 스스로 할 수도 있다.

| 그녀의 유두를 짓씹으며 남근을 단번에 쑤셔 넣었다.

짓이기다

북마녀 Tip! 함부로 마구 뭉개듯이 찧는 동작. 실제로 찧는 동작이 아니어도 거칠고 난폭한 움직임을 뜻하며, '짓이기듯이'로 동사를 강조할 수 있다. 이 단어 자체는 크게 야하지 않지만, 신체 부위가 은밀할 경우 15금에서 문제가 된다.

| 짓이기듯이 움켜쥐는 손에 신음이 절로 나왔다.

짓찧다

북마녀 Tip! 피스톤 운동 시 구멍 안으로 깊이 들어가는 동작을 매우 거칠게 하는 모습을 표현한다.

> 굵직한 성기가 안을 뭉그러뜨리며 짓찧을 때마다 숨이 턱턱 막혔다.

찌르다

북마녀 Tip! 손가락이나 혀를 활용한 애무 동작에서 활용할 수 있다. 어감상 뾰족하고 작은 느낌이 있어 성기의 실질적인 삽입에는 어울리지 않는다.

> 아랫구멍을 괴롭히듯 찌르던 혀가 한참 만에 빠져나갈 때까지 그녀는 허리를 부들부들 떨며 버텼다.

찔꺽거리다

북마녀 Tip! 애액이나 정액으로 인해 끈끈하게 들러붙는 소리가 나는 상태. '찔걱거리다'는 틀린 말이지만, 웹소설에서는 허용되는 편이다.

> 그의 손가락이 점막을 가르고 비비며 드나들 때마다 찔꺽거리는 소리가 새어 나왔다.

찔러 넣다

북마녀 Tip! 남성기의 삽입 동작을 뜻한다. '찌르다'에 뾰족한 어감이 있어 성기 묘사에 어울리지 않으므로 삽입 동작에서는 꼭 '넣다'를 붙일 것.

> 그가 더운 숨을 내쉬며 좆을 깊이 찔러 넣었다.

찢어발기다

북마녀 Tip! '찢다'의 수준을 넘어 아주 거칠고 난폭하게 갈기갈기 찢는 동작. 보통 옷이나 속옷을 벗겨내는 상황에 쓰는데 정말 찢겨져 나가야 한다. 강압적인 성관계 느낌이 심하므로 15금에서 이 단어를 쓰는 건 매우 위험하다. '찢어갈기다'는 맞춤법을 잘못 쓴 경우.

> 당장이라도 저 하얀 팬티를 찢어발기고 좆을 깊숙이 꽂고 싶었다.

찧다/찧어대다

북마녀 Tip! 이미 삽입한 상태에서 더 세게 들어가는 느낌을 강조한 표현이다. 손가락 등을 쓰는 애무 단계에서는 쓸 수 없다.

> 박을 때마다 자지러지는 흥분점을 계속 찧어댔다.

차오르다

북마녀 Tip! 어떤 감정이나 호르몬이 마음속에서 점점 커지다 한계에 다다르는 수준까지 암시하는 표현. 사정감, 흥분감, 페로몬 등에 쓸 수 있다. 질구 쪽에 애액이 고이는 모습을 표현할 때도 활용 가능하다. 그러나 성욕, 정욕, 욕정 등은 씬 이전부터 이미 존재하는 음심이므로 맥락상 어울리지 않는다.

> 발정기도 아닌데 페로몬이 차올라 갈무리하는 것이 버거웠다.

찰박이다/찰박거리다

북마녀 Tip! 애액이 나와 물기가 생긴 구멍에 삽입하거나 핑거링할 때 젖은 소리가 나는 상황을 묘사한다. '찰박대다'로는 쓰지 않는다.

> 그의 성기가 빠르게 드나들 때마다 부푼 내벽이 찰박이며 달라붙었다.

채워 넣다

북마녀 Tip! 일반적으로는 구멍에 남성기를 넣는 삽입을 말한다. 물론 딜도 등 안쪽을 꽉 채울 수 있는 부피의 성인용품도 가능하다. 단, 손가락에는 이 단어를 적용할 수 없다. 체액도 가능하지만 '넣는' 의미가 있기 때문에 애액은 제외되며 정액에만 적용 가능하다.

> 한계까지 채워 넣자 발개진 눈시울로 그녀가 고개를 흔들었다.

처박다

북마녀 Tip! '박다'를 속되게 강조한 표현으로, 함부로 세게 푹 쑤셔 넣는다는 뜻. 남성기나 딜도 삽입 장면에서 활용하며, 부드러운 분위기에는 어울리지 않는 표현이다. 손가락이나 혀 등 작은 부위나 작은 물체에도 어울리지 않는다.

> 골반을 움켜쥔 채 페니스를 깊게 처박았다.

쳐올리다

북마녀 Tip! 피스톤 운동 동작으로 성기를 적시하지 않고 묘사를 가능케 하는 표현이다. 문장 속 다른 단어의 수위를 낮추면 15금도 가능하다.

> 손자국이 나도록 엉덩이를 꽉 붙잡고 쳐올렸다.

출납하다

북마녀 Tip! 글자 그대로 물건을 내었다 들였다 하는 모습. 피스톤 운동 장면에서 활용할 수 있다. '출납'만 따로 떼어 명사형으로 쓰는 것도 가능하다.

> 페니스가 거칠게 출납할 때마다 녹아내린 젤이 구멍에서 흘러내렸다.

출렁거리다/출렁대다/출렁이다

북마녀 Tip! 자잘하고 가벼운 움직임보다는 크고 무게감 있는 흔들림을 의미한다. 씬에서 여성의 가슴이나 엉덩이가 저절로 흔들리는 모습을 묘사할 때 활용한다. 엉덩이 묘사엔 어감상 완벽하게 어울리진 않는다. BL에서는 왕가슴이어도 남성의 신체 특성상 쓰기 힘들다.

> 찹쌀떡처럼 새하얀 두 살덩이가 눈앞에서 출렁거리며 유혹했다.

치밀다

북마녀 Tip! 어떤 감정이나 호르몬이 생기는 것을 세차게 복받쳐 오르는 느낌으로 묘사하는 표현.

> 예쁜 입에 좆을 물려 놓은 꼴을 보고 있으려니 사정감이 치밀었다.

치받다

북마녀 Tip! 거센 피스톤 운동 동작을 표현한다. 삽입을 하지 않는 스마타 동작에서는 맥락상 쓸 수 없다.

> 계속해서 난폭하게 치받던 그가 순간 좆질을 멈췄다.

침범하다

북마녀 Tip! 남주나 공의 손이 옷 속으로 들어가거나, 구멍에 무언가를 넣는 장면에서 좀 사나운 움직임을 강조한다. 부드러운 애무에는 어울리지 않는다.

> 커다란 손이 황후의 속옷 안으로 거침없이 침범했다.

침입하다

북마녀 Tip! 안쪽으로 집어넣는 동작. 키스, 애무, 삽입 묘사에 모두 쓸 수 있다. 15금에 맞추려면 신체 부위 명칭의 수위 조절이 필요하다.

> 벌려진 입안으로 가뿐히 침입한 혓몸을 나는 있는 힘을 다해 깨물었다.

쿨쩍거리다

북마녀 Tip! 질이나 애널 애무 시 애액 등으로 젖은 마찰음이 나는 상황을 표현한다.

> 기다란 중지가 질벽을 훑고 지나갈 때마다 쿨쩍거리는 소리가 생생하게 들렸다.

탐하다

북마녀 Tip! 애무 동작을 뭉뚱그려 표현하는 단어다. 목적어가 '사람'이 될 수도 있는데, 이 경우 해당 인물을 욕심낸다는 뜻이며 이는 씬 관련 묘사가 아니다.

> 맹렬하게 입안을 탐하는 남자를 밀어냈지만, 단단한 가슴팍은 전혀 밀리지 않았다.

튀다

북마녀 Tip! 애액이나 정액의 방울이 세게 흩어지면서 어딘가에 묻어나는 상황. 아무리 씬이어도 타액이 튀는 건 상대적으로 지저분해 보일 수 있으므로 연출하지 않는다.

> 음란하게 마찰하는 접합부 사이에서 애액이 튀었다.

틀어쥐다

북마녀 Tip! 손으로 단단히 꽉 쥐는 동작. 보통 골반이나 목덜미, 손목 등을 꽉 붙드는 장면에서 쓴다. 부위에 따라 15금에 들어가는 것도 가능하다.

> 손자국이 벌겋게 남을 만큼 골반을 틀어쥐고 쳐올렸다.

파고들다

북마녀 Tip! 구멍이나 입술로 들어가는 동작으로, 손가락이나 혀에 더 어울린다. 성기도 가능은 하지만 어감상 잘 쓰이진 않는다. 상대를 껴안는 동작에선 보통 작은 사람이 큰 사람의 품에 들어가는 구조다.

> 기다란 손가락이 구멍 안으로 깊숙이 파고들었다.

파드닥거리다

북마녀 Tip! 물고기나 새가 사람의 손아귀에서 벗어나기 위해 움직이는 모습처럼 움직이는 모양새를 표현. 애무를 느끼는 반응, 혹은 성관계를 피하려는 몸짓으로 그린다. 15금에 전혀 문제없다.

> 잡혀 눌린 채로 파드닥거리는 모습이 가학심을 자극했다.

파들거리다

북마녀 Tip! 몸이 작게 바르르 떨린다는 뜻으로, 씬의 시작점 혹은 절정 때의 몸 상태를 표현할 수 있다.

> 전신을 휘감는 아릿한 감각 탓에 온몸이 파들거렸다.

파정하다

북마녀 Tip! 남성기가 정액을 배출하는 동작. '사정하다'를 대체할 수 있는 표현이다.

> 남자는 내가 절정에 이르고 나서야 내 안에 파정했다.

펴 바르다

북마녀 Tip! 러브젤 등을 신체 어딘가에 묻히는 행위를 말한다. 2차전(!)을 위해 이미 나온 체액을 활용하기도 한다. '무엇을'이 중요한 동작이고 목적어 없이 쓰면 맥락이 이해되지 않기 때문에 15금에선 활용이 힘들다.

| 좆 머리에서 흘러내리는 쿠퍼액을 훑어 내 뱃가죽에 펴 발랐다.

(성기를) 품다

북마녀 Tip! 구멍에 남성기가 삽입된 상태를 의미한다. 받는 입장의 동작이지만, 삽입하는 인물의 관점으로도 쓸 수 있다.

| 구멍 속에 좆을 가득 품고서 움직일 수는 없는 노릇이었다.

할짝거리다/할짝대다/할짝이다

북마녀 Tip! 혀끝으로 계속 조금씩 핥는 행위를 표현한다. 깊게 천천히 핥는 동작이 아니라 얕고 빠르게 핥는 느낌이다.

> 질구에서 흘러내리는 애액을 맛보듯 할짝거렸다.

핥다/핥아대다

북마녀 Tip! 혀가 신체 부위 표면에 살짝 닿아 지나가는 동작이다. 이 동작은 신체 부위 어디든 가능하므로, 애무의 순서를 생각하면서 쓸 것.

> 내밀한 점막에 혓바닥을 완전히 붙이고 핥아댔다.

핥아 올리다

북마녀 Tip! 핥음을 당하는 부위가 은밀하지 않으면 15금도 가능하지만, 문장 내 다른 단어들의 수위 조절이 필요하다.

| 혓바닥이 그녀의 젖꼭지를 부드럽게 핥아 올렸다.

핥아먹다

북마녀 Tip! 혀를 사용하여 애무만 하는 것이 아니라, 어떤 것을 실제로 삼키는 행위. 일반적으로 애액, 정액 등 인간이 뿜어낸 액체와 함께 활용할 수 있다. 신체 부위의 경우 실제로 먹는 것은 당연히 불가능하기 때문에 비유로만 쓴다.

| 그녀의 아래에서 흘러내린 물을 남김없이 핥아먹었다.

헐다

북마녀 Tip! 피부나 점막이 하도 쓸려서 짓무른 느낌을 묘사하며, 아래, 가랑이, 구멍, 입구 등의 신체 부위에 붙여 써야 한다. 명사가 없으면 이해가 힘들고 15금에 쓰기엔 맥락이 너무 강하다. 달달한 분위기에선 적합하지 않은 표현으로, 대사로 쓸 경우 누구에게나 어울리는 평범한 더티 토크는 아니다. 아주 위압적이고 험악하면서도 '입에 걸레를 문' 캐릭터나 분위기일 때만 어울린다.

> "각오해, 네 가랑이가 헐도록 쑤셔 줄 테니까."

헐떡거리다/헐떡이다

북마녀 Tip! 숨이 가빠서 거칠게 소리 내 호흡하는 모습이다. 헐떡이는 소리를 대사로 적지 않아도 무방하다.

> 쉼 없이 몰아치는 키스에 숨이 차올라 헐떡였다.

헤집다

북마녀 Tip! 손가락 등으로 속살의 틈을 이리저리 뒤적이고 긁고 파헤치듯이 애무하는 동작. 신체 부위가 적시되어야 이해되는 단어이므로 15금에선 키스 묘사만 가능하다.

> 메마른 안쪽이 촉촉해질 때까지 양껏 헤집었다.

후려치다

북마녀 Tip! 손바닥으로 한두 번 정도 찰싹 때리는 스팽킹 장면에서 손동작으로 활용하는 단어다. 스팽킹 자체는 가슴, 엉덩이, 허벅지, 음부 모두 가능하지만, '후려치다'는 힘껏 갈기는 뜻이라 여성의 몸, 특히 가슴에 쓰면 과해 보이고 진짜 폭력처럼 보일 수 있으므로 주의.

> 제 밑에서 하얗게 흔들리는 엉덩이를 손바닥으로 후려쳤다.

훑다

북마녀 Tip! 사전적 정의와는 달리, 더듬듯이 혹은 스치듯이 핥는 느낌, 즉 '핥다'의 작은 의미 정도로 활용한다. 물론 사전적 정의대로 쓰는 것도 가능하다.

> 남자가 혀를 내어 갈라진 틈을 사악 훑었다.

휘감다

북마녀 Tip! 사람의 몸을 압박하듯 안는 동작을 비유적으로 표현한다.

> 단단한 팔로 연약한 등을 휘감아 당기니 흐느적거리던 몸이 제 가슴팍에 엎어졌다.

휘젓다

북마녀 Tip! 입 안쪽이나 구멍에 무언가를 넣고 움직이는 모습이다. 15금에서는 키스에서만 쓸 것.

> 남자의 혀가 구멍 안을 휘젓고 빠져나갔다.

흐트러지다

북마녀 Tip! 격정적인 동작 직후 옷과 자세가 단정하지 않은 상태를 표현하고 싶을 때 활용한다. 성관계가 끝난 후의 장면에서 마무리하는 문장으로도 쓸 수 있다.

| 흐트러진 그녀의 몸을 쉬지 않고 밤새도록 가졌다.

흔들리다

북마녀 Tip! 삽입된 상태로 피스톤 운동을 하는 단계에서 아래쪽에 있는 사람의 의도치 않은 움직임을 설명한다. 몸이 눌린 상태일 때 주로 쓴다. 즉, 삽입받는 사람이 위에 있어서 스스로 움직이는 경우 이 표현이 어울리지 않는다.

| 제 밑에 깔려 힘없이 흔들리는 그녀의 얼굴을 잡아먹을 듯이 바라보았다.

흘러나오다

북마녀 Tip! 내부에 담겨 있던 것이 바깥으로 빠져나오는 모습. '새다'에 비해 더 많은 양을 짐작케 한다.

| 잔뜩 붉어진 입구에서 흘러나오는 투명한 애액을 손가락으로 슥 훑었다.

흘러내리다

북마녀 Tip! 일어섰을 때 높이의 차에 의하여 안에 들었던 액체가 밖으로 나와 떨어지는 모습이다. 상당히 많은 양의 애액 혹은 정액을 묘사한다.

> 후들거리는 다리로 일어서자 그가 안에 싸 버린 정액이 허벅지를 타고 흘러내렸다.

흘레붙다

북마녀 Tip! 짐승의 교미를 속되게 이르는 단어. '발정난 짐승처럼'과 자주 함께 쓰지만, 따로 써도 무방하다.

> 밤새도록 흘레붙고도 모자라, 좆을 품은 채 잠들었다.

흡빨다

북마녀 Tip! 입으로 깊이 물고 흡빡 빤다는 뜻으로, 일반적인 '빨다'보다 더 진득한 의미다. 다만 모든 '빨다'를 '흡빨다'로 써 버리면 반복이 심하게 눈에 띄므로 사용빈도를 낮춰야 한다.

> 밀려 올라가는 몸을 내리누르며 땀에 젖은 목덜미를 흡빨았다.

흡입하다

북마녀 Tip! 특정 부위에 입을 대고 빨아들이는 느낌으로 애무하는 행위. 실제 의미로는 액체가 있어야 성립하지만, 상관없이 쓴다.

> 축축하고 두툼한 것이 닿는가 싶더니 이내 강한 힘으로 흡입하며 구멍을 농락했다.

흩뿌려지다

북마녀 Tip! 인체의 좁은 내부가 아닌 넓은 자리에 사정하되, 이미 사정한 상황에서 활용하는 편이 낫다. '흩뿌렸다'로 활용하면 동작의 뉘앙스가 좀 이상해 보일 수 있다.

> 땀에 젖은 배 위에 흩뿌려진 정액이 주르륵 흘러내렸다.

희롱하다

북마녀 Tip! 물고 빨고 핥고 만지는 애무를 통칭하여 쓴다. 너무 은밀한 부위를 언급하지 않는다면 뭉뚱그린 표현이므로 15금도 가능하다.

> 유륜을 덥석 물고 혀로 희롱하면서 내 몸을 밀어 침대에 눕혔다.

Part 4

잘 어우러지면 아찔한

'관용구와 단어 조합'

《북마녀의 시크릿 단어 사전》에서도 이야기한 바 있듯이, 단어의 찰떡 조합은 책을 많이 읽고 글을 많이 써 본 사람이라면 자연스럽게 몸에 배게 된다. 그러나 글을 많이 읽지 않은 사람이라면 이 조합을 모를 수 있고, 글을 많이 쓰지 않은 사람이라면 조합을 알더라도 생각나지 않아서 쓰지 못하는 불상사를 겪는다.

이 파트에서는 웹소설 씬에서 관용적으로 쓰이는 단어 조합을 다루었다. 특정 동사에 직유법 표현이 붙어 강력한 효과를 주는 조합, 씬에서 꼭 나오게 되는 신체 부위의 움직임, 동사 파트에 나온 단어를 문학적으로 대체할 수 있는 표현 등 최적화된 조합을 선별했다.

이 파트에 등장하는 조합은 꼭 은어가 아니어도 사전에 등재되지 않은 것들이 많다. 물론 오래전부터 쓰인 속된 표현은 등재되었을 수 있으나 최근 19금 웹소설에서 활발하게 쓰고 있는 관용적 조합이 국어사전에 반영되기란 현실적으로 쉽지 않다.

또한 작가들은 남들이 쓰지 않은 표현을 쓰고자 하는 경향이 있다. 나만의 새로운 표현을 쓰려는 것이다. 그러나 다른 장면에서는 그렇게 하더라도 씬에서만큼은 어느 정도 클리셰적인 표현이 필요하다. 만약 내가 만들어낸 새로운 비유나 표현 때문에 독자가 징그러움, 역겨움, 그리고 어색함을 느낀다면 그 타이밍에 그 씬의 분위기는 끝장나는 것이다. 독자가 부담스럽지 않게 느낄 만한 관용적인 조합을 충분히 활용하는 것이 씬의 농밀한 분위기를 유지하는 길이다.

※신체 부위가 적시되는 조합은 해당 부위를 지칭하는 다른 용어로 변경해도 대부분 무방하다.

가슴을 모으다

북마녀 Tip! 가슴의 소유자인 자신이 양팔을 움츠리거나 손으로 두 가슴이 서로 닿도록 할 수 있다. 관계의 상대가 손으로 하는 것도 가능하다. 15금에선 위험하다.

> 남자의 손이 양 가슴을 모으자 손아귀 안에서 살덩이가 터질 듯이 부풀어 올랐다.

가슴을 밀어내다

북마녀 Tip! 스킨십을 피하려는 의도 혹은 쾌락을 견디려는 의도로 상대의 몸통을 미는 동작. 상대가 남자일 경우 '가슴팍'으로도 쓴다.

> 가슴팍을 아무리 밀어내도 사내는 내벽을 가득 채운 성기를 빼낼 생각이 없어 보였다.

가슴을 삼키다

북마녀 Tip! 일반적인 '삼키다'와는 달리 가슴의 살점을 그저 입에 무는 동작이다. 치아로 깨무는 건 아니다. 남성기, 여성기의 여러 부위를 삼킨다고 표현하면 어색할 수 있다. 15금에서 통과된 적 있는 표현이지만 여기에 더 야한 표현이 수식되면 안 된다.

> 입안으로 가슴이 삼켜지자 뜨거운 감촉이 전신을 휘감았다.

가슴을 손으로 짚다

북마녀 Tip! 씬에서 몸의 균형을 잡기 위해 여주나 수가 하는 동작을 말한다. '가슴팍'으로도 쓸 수 있다. 남주와 공은 상대의 가슴에 이 동작을 해서는 안 된다.

> 가슴을 손으로 짚고 겨우 상체를 일으켜 세웠다.

가슴을 쥐다

북마녀 Tip! 손가락을 오므려 상대의 가슴을 힘있게 잡는 모습. 남주나 공의 가슴에 대한 애무로는 적합하지 않다. 15금에서 통과된 적 있지만 여기에 더 야한 표현을 덧붙이지 않도록 주의한다.

> 남자의 손이 가슴을 강하게 쥐었다.

가슴이 오르내리다

북마녀 Tip! 숨을 거칠게 쉬는 모습으로, 시선이 가슴에 집중된 표현이다. 남녀 모두의 행동으로 가능하다.

> 숨을 몰아쉴 때마다 오르내리는 가슴을 그가 빤히 쳐다보았다.

가위질하듯 벌리다

북마녀 Tip! 좁은 구멍에 손가락 2개를 넣어 손가락 사이를 벌리면서 구멍을 넓히려는 동작. 큰 성기를 넣을 때 상처가 나지 않도록 구멍을 잘 달래가며(?) 풀어주는 사전 애무다.

> 사내는 손가락을 가위질하듯 벌려가며 구멍을 넓혀갔다.

가학심을 자극하다

북마녀 Tip! 흥분했으나 연약한 상대를 향해 일종의 사디즘이 발현되는 현상이다. 직후에 조금 더 거친 동작을 넣어주면 효과적이다. 표현 자체는 수위가 높지 않기 때문에 15금도 가능하다. 일반적으로 남주나 공의 마음 상태를 설명한다.

> 붉게 물든 눈시울과 대비되도록 하얗게 드러난 나신이 그의 가학심을 자극했다.

감도가 좋다

북마녀 Tip! 애무에 따른 반응이 바로 오는 경우를 의미하며 한마디로 쉽게 젖고 쉽게 느끼는 타입. 느끼는 당사자 입장에서 쓰긴 애매하며, 상대의 관찰 결과로 쓰는 게 적절하다. 15금에 나오긴 힘들다.

"말은 아니라고 하지만 감도가 너무 좋은데?"

개처럼 박다

북마녀 Tip! 거칠게 달려들어 허겁지겁 삽입하는 모양새를 말한다. 행동을 하는 주체의 입장에서 자신이 했던, 앞으로 할 행동에 관해 설명할 때 쓴다. 더티 토크로 쓸 수도 있다.

"개처럼 박아 주겠다고 했잖아 내가."

거품이 일다

북마녀 Tip! 애액과 정액이 섞이거나, 정액이 나온 상태에서 움직임이 계속 더해지며 발생하는 현상이다. 실제로 거품이 마구 생기는 것은 아니지만 일종의 판타지적 강조 표현에 해당한다.

> 계속된 추삽질로 좆을 물고 있는 질구에 거품이 일었다.

경험이 있다/경험이 없다

북마녀 Tip! 현시점을 기준으로 과거에 성관계를 해 본 적이 있는지 없는지를 설명한다.

> 그렇게 사람을 유혹해 놓고 남자 경험이 없을 줄이야.

경험이 적다/경험이 많다

북마녀 Tip! 현시점을 기준으로 과거에 성관계 이력이 많은지 적은지를 설명한다. 다만, '경험이 많다'는 것은 한 사람과 지속적인 관계를 맺은 것보다는 여러 사람을 거치며 다방면으로 관계를 맺었다는 뉘앙스가 더 크다. 이전에 한두 사람과 사귀었고 그들과 가끔 관계를 맺은 것이 다라면 '경험이 적다'에 가깝다.

> 뒤로 따인 경험은 많았지만 이렇게 무시무시하게 큰 걸 달고 있는 놈은 처음이었다.

고개가 꺾이다

북마녀 Tip! '애무를 받으면서 저도 모르게 그렇게 됨'을 강조하는 표현. '고개를 꺾다'보다는 피동으로 써야 적합하다.

> 젖은 손가락이 질구를 누르자마자 그녀의 고개가 꺾였다.

고개를 젖히다

북마녀 Tip! 인물이 크게 흥분하거나 절정에 올랐을 때 저도 모르게 하는 동작. 남녀 모두 가능하다.

> 강하게 밀려오는 쾌감에 새된 비명을 지르며 고개를 젖히고 말았다.

골반이 (쿵쿵) 울리다

북마녀 Tip! 격한 피스톤 운동 시 삽입을 받는 입장에서 느끼는 신체적 감각. 의성어나 의태어를 추가하여 움직임의 강도를 강조하면 더욱 효과적이다.

> 그가 뒤에서 처박을 때마다 골반이 쿵쿵 울렸다.

공중에 들리다

북마녀 Tip! 누워 있던 몸을 일으켜 세워 일어선 상태로 관계를 진행할 때 활용한다. 삽입 중 혹은 삽입 전 모두 쓸 수 있다. '허공에'도 가능하다.

> 성기가 삽입된 채로 엉덩이가 공중에 들렸다.

(헛)구역질이 나오다

북마녀 Tip! 보통 삽입에 따른 배부름(!)의 기분으로 발생하는 증상. 원론적으로는 야한 표현이 아니지만, 맥락상 15금에 쓰면 과하다. 이 표현은 키스 장면에서 쓰면 안 된다.

> 배 속을 가득 채운 좆이 더 들어올 것처럼 움직일 때마다 헛구역질이 나왔다.

굶주린 짐승처럼/굶주린 짐승같이

북마녀 Tip! '짐승처럼'과 비슷하지만 의미가 더 구체적이다. 굶주린 짐승이 허겁지겁 머리를 들이밀고 먹이를 먹는 느낌을 전달하는 표현으로, 특정 부위나 체액을 빨거나 핥고 삼키는 장면에서 활용한다. 물론 '짐승처럼'을 쓸 자리를 채우는 것도 가능하다.

> 굶주린 짐승처럼 젖은 입술을 탐했다.

귀두를 맞추다

북마녀 Tip! 삽입 직전 구멍의 입구에 남성기의 끝을 대는 동작.

> 골반을 틀어쥐고 그녀의 질구에 귀두를 맞추었다.

귀두를 입구에 걸치다

북마녀 Tip! 아주 살짝 성기의 끄트머리만 삽입한 채, 넣다가 멈춘 상황을 뜻한다. 상대가 안달이 나도록 괴롭히려는 의도로 일부러 하는 행동 혹은 너무 커서 들어가기 힘든 상황을 설명한다. 반드시 귀두 및 구멍의 입구를 지칭하는 단어가 나와야 한다.

> 귀두를 구멍 입구에 걸치고 깔짝거리자 아래에 깔린 허리가 들썩거리며 삽입을 종용했다.

길게 늘어지다

북마녀 Tip! 정액, 애액, 타액 등 체액이 점성으로 인해 주욱 길어지는 모양을 설명한다. 체액에 관한 단어를 정확하게 적어줘야 이해할 수 있다.

> 팬티를 내리니 젖은 틈새에서 애액이 길게 늘어졌다.

길을 내다

북마녀 Tip! 앞으로 더 들어갈 길을 만든다는 의미다. 씬의 남성기 삽입 장면에서 더 깊이 넣는 동작을 설명한다.

| 흉포한 수컷의 기둥이 좁다란 내벽에 머리를 넣고 길을 냈다.

깊게 들어오다

북마녀 Tip! 성기가 구멍에 깊숙이 삽입되는 모습을 설명한다. 성기 관련 용어가 적시되지 않는다는 전제로 15금에서도 쓸 수 있다.

| 남자가 허리를 쳐올릴 때마다 성기가 깊게 들어왔다.

내벽을 긁어대다/내벽을 긁어내리다

북마녀 Tip! 남자의 성기가 들고날 때 자연스럽게 내벽이 건드려지는 모습. 손가락에 의한 애무 묘사로도 가능하다.

> 엄청난 굵기의 살기둥이 내벽을 긁어대며 뒤로 물러섰다가 푹 하고 다시 진입했다.

내벽을 자극하다

북마녀 Tip! 애무나 삽입, 피스톤 운동 시 활용할 수 있는 표현. 이 자체를 동작으로 쓸 수도 있으나, 비교적 덜 야한 느낌이 있다. 더 강렬하고 자세한 동작을 쓴 다음 그로 인한 결과로 활용하는 편이 낫다.

> 흉흉한 성기가 질구를 가득 채우고 가만히 있는 것만으로도 민감한 내벽을 자극했다.

~ㄴ 냄새가 진동하다

북마녀 Tip! 성관계 혹은 혼자 자위하는 과정에서 나온 체액 때문에 특징적인 냄새가 나는 것을 의미한다. 맥락상 실제로 그런 냄새가 나지 않더라도 인물이 상대를 수치스럽게 할 의도의 더티 토크로 쓸 수 있다.

> "여기 봐요, 야한 냄새가 진동을 하네."

넣고 흔들다

북마녀 Tip! 삽입과 피스톤 운동을 의미하는 속된 표현. 구어체이지만 대사뿐만 아니라 지문에도 써먹을 수 있다.

> "거기에 내 좆이라도 넣고 흔들어 줬으면 좋겠어?"

눈앞이 점멸하다

북마녀 Tip! 씬의 과정에서 강한 자극을 받아 인물의 신체에 발생하는 증상.

> 엄지가 흥분한 음핵을 문지른 순간, 눈앞이 점멸했다.

다리를 팔에 걸다

북마녀 Tip! 누워 있는 사람의 몸을 반으로 접어 다리를 한껏 벌리게 하는 동작. 두 사람이 밀접하게 붙어 있는 자세로, 수월한 삽입을 위한 동작이다. 표현 자체가 야한 건 아니라 15금도 가능하다. 단, '다리'를 '오금'으로 바꾸면 위험할 수 있다.

> 남자가 그녀의 다리를 팔에 걸고 밀어 올린 뒤 아래를 완전히 붙여 왔다.

닥치는 대로

북마녀 Tip! 이것저것 가리지 않고 눈에 보이는 대로 마구 어떤 동작을 한다는 뜻.

> 파닥이는 허리를 움켜쥐고 닥치는 대로 쑤셔 박았다.

도리질을 하다/도리질을 치다

북마녀 Tip! 여성이나 수가 쾌감을 느낄 때의 리액션으로, 머리를 좌우로 흔드는 동작. 정말 싫다는 뜻으로 하는 경우도 있으나, 보통 '앞으로 더한 쾌감이 올 거라는 두려움'으로 저도 모르게 하는 몸짓을 의미한다.

| 전신을 관통하는 쾌감에 나는 입술을 떨며 도리질을 쳤다.

두 동강 나다

북마녀 Tip! 삽입 시 고통으로 몸이 반으로 찢어지는 느낌을 표현한다. 구멍은 좁고, 성기는 너무나 거대한 조건일 때 일어나는 상황.

| 몸이 두 동강이라도 날 것처럼 아래에서 고통과 열기가 치솟았다.

뒤로 느끼다

북마녀 Tip! BL에서 남성이 애널 애무나 삽입으로 흥분할 때 쓴다. 특히 자신의 성적 취향을 인지하지 못했던 캐릭터일 때 써먹기 좋다. 여성이 애널 애무나 삽입으로 흥분할 경우에도 쓸 수는 있으나 로맨스에서 애널 삽입은 흔하지 않다.

> 제 생각보다 자신은 뒤로 잘 느끼는 몸이었다.

뒤를 따이다

북마녀 Tip! BL에서 남성이 처음 구멍에 남자의 성기가 삽입되는 경험을 한 상황을 이르는 속된 표현. 남녀간의 관계에서 애널 관련하여 이렇게 표현하지는 않는다.

> 내가 놈한테 뒤를 따였다는 사실을 설마 놈이 소문내는 건 아니겠지.

뜨거운 것

북마녀 Tip! 주로 남성의 정액을 비유하는 관용적 표현. 여성의 애액을 뜨겁다고 표현하면 이상해 보이므로 혼용하지 않도록 한다.

> 내벽 안을 뜨거운 것이 가득 채웠다.

뜸을 들이다

북마녀 Tip! 삽입을 해야 하는 타이밍인데 안 하거나, 삽입을 해 놓고도 다음 단계를 진행하지 않는 모습을 설명할 때 쓴다. 사전에 '뜸들이다'란 단어가 있으나 붙여 쓰는 것보다 떼어 쓰는 것이 좋다.

> 이런 식으로 느릿느릿 뜸을 들이는 것보다는 차라리 끝까지 박아주는 게 덜 아플 것 같았다.

말랑말랑하게 풀다/말랑말랑하게 풀리다

북마녀 Tip! 점막이 있는 내벽이 애무를 통해 부드러워지는 상태를 의미한다. 해당 장면 이전에 성행위가 있었거나 자위를 했을 경우 해당 장면의 시작점에서 이미 이 상태일 수 있다.

> 기다란 손가락이 내벽을 말랑말랑하게 풀어 놓고 사라졌다.

~ㄴ 맛

북마녀 Tip! 구어체 표현으로 더티 토크에 해당한다. 대사나 지문 모두에서 활용할 수 있다. 단, 현시점에 상냥하고 다정한 인물이 이 표현을 쓰면 몹시 이상하므로 캐릭터 성격을 망가뜨리지 않도록 주의해서 쓴다.

> 넣을 땐 힘들어도 일단 좆이 들어가면 조이는 맛이 있었다.

머리채를 휘어잡다

북마녀 Tip! 다른 신체 부위를 잡는 장면에선 어울리지 않는 표현이다. 씬의 동작으로는 15금에 들어가기 힘들다. 원칙적으로 로맨스에서는 씬이 아닌 장면에서도 남주가 여주에게 이 동작을 해서는 안 된다. 19금의 강한 남주 및 BL은 예외.

> 머리채를 휘어잡고 당기자 하얀 몸이 그대로 딸려 올라오며 뒷구멍을 조였다.

먹고 버리다

북마녀 Tip! 사랑 없이 불순한 의도로 유혹하여 성관계를 맺은 후 상대와 더 이상 교류하지 않는 일련의 행위. '먹버'로 줄여 말하기도 하는 은어다. 연락 두절, 잠수, 서로 얼굴을 봐야 할 관계이지만 모른 척 하기 등 각종 상황이 포함된다. 여성향의 남주는 이 행동을 절대로 해서는 안 된다. 단, 불가피한 상황이나 문제적 인간관계에 의해 여주가 이 행동을 하게 되는 설정은 가능하다.

> "선배 나 먹버 당한 거예요? 진짜 나 먹고 버린 거예요?"

멋대로 반응하다

북마녀 Tip! 마음과는 달리 몸이 애무에 흥분하는 상황을 뜻한다. 무의식적인 움직임을 묘사할 때 활용한다. '반응하다'를 변형해도 좋다.

> 성기가 짓쳐들 때마다 몸이 멋대로 반응하여 꽉꽉 조여 물고 있었다.

(성기) 모양대로

북마녀 Tip! 펠라티오나 삽입 시 남성기의 형태대로 상대의 몸이 변한다는 뜻. 실제로 그렇게 된다기보다는 성기의 크기를 강조하기 위해 현상을 의도적으로 왜곡하는 표현이다.

> 좆의 모양대로 불룩하게 부푸는 볼을 매만졌다.

목구멍을 열다

북마녀 Tip! 펠라티오에서 남성의 성기를 입안 깊숙이 더 넣기 위해 스스로 목구멍을 벌리는 것. 표현 자체는 야하지 않으나, 15금에선 쓸 수 없다.

> 막무가내로 들어오는 성기를 받아내기 위해서는 목구멍을 최대한 열 수 밖에 없었다.

목구멍이 열리다

북마녀 Tip! 입이 억지로 크게 벌어져 목구멍까지 벌어지는 상황. 표현 자체는 야하지 않으나, 펠라티오 때 일어나는 반응이기 때문에 15금에선 쓸 수 없다.

> 그는 목구멍이 열리는 각도에 맞춰 좆을 박아 넣었다.

목젖을 치다

북마녀 Tip! '목젖을 찌르다'와 마찬가지로 과격한 펠라티오에서 발생한다. 키스에서 혀가 목젖을 치는 건 인체 구조상 불가능하다. '치다'와 '찌르다'의 동작 자체가 조금 다르므로 분리해서 사용한다. '치다'에는 '목구멍'을 결합하는 게 어색하다.

| 남자의 성기가 목젖을 턱턱 치며 쑤셔왔다.

목젖을(목구멍을) 찌르다

북마녀 Tip! 남성기를 입에 넣었을 때 성기가 너무 길어서 생기는 현상이며, 과격한 펠라티오를 묘사할 때 쓴다. 키스에서 혀가 목젖을 찌르는 건 인체 구조상 불가능하다.

| 남자의 성기가 입안을 점령하다 못해 목젖을 쿡쿡 찔러왔다.

몸을 겹치다

북마녀 Tip! 두 사람이 서 있을 때는 이 동작을 쓰지 않는다. 눕거나 앉은 상황일 때 활용 가능하다. '몸을 섞다'와 서로 대체될 수 없다.

| 그는 지치지도 않는지 또다시 몸을 겹쳐왔다.

몸을 맡기다

북마녀 Tip! 자신을 마음대로 하도록 내버려두는 모습. 애무나 삽입 등 상대의 행동을 그대로 받아들일 때 쓴다. 이 동작이 나올 땐 별다른 저항을 하지 않고, 행위에 맞춰 스스로 움직이지도 않는다.

> 야릇한 손길에 몸을 맡기고 있으려니 눈앞이 어지러웠다.

몸을 섞다

북마녀 Tip! '몸을 겹치다'는 동작이지만, '섞다'는 성관계 자체를 의미한다. 씬 묘사가 아니라 상황을 적을 때 활용한다. '살을 섞다' 역시 같은 의미로 오래된 표현이지만, 근래 웹소설에서는 잘 쓰이지 않는다.

> 몸을 섞은 관계라고 해서 그에게 모든 것을 알려주고 싶진 않았다.

몸이 반으로 쪼개지다

북마녀 Tip! 큰 성기가 구멍에 들어오고, 거센 피스톤 운동이 진행되는 동안 받는 사람의 감각을 표현한다. 동작을 하는 사람의 입장에서 쓸 수는 없다. 별도의 삽입 묘사 없이 이 표현만 쓰는 건 15금도 가능하다.

| 몸이 반으로 쪼개지는 것 같은 느낌에 그는 헐떡거리며 남자를 밀어냈다.

무릎이 꺾이다

북마녀 Tip! 진한 키스나 애무에 따라 강한 쾌감을 느낀 인물의 신체적 반응이다. 서 있다가 힘이 풀리면서 무릎이 저절로 구부러지는 상황. 의지를 갖고 하는 행동이 아니므로 '꺾다'로 쓸 수 없다. '구부러지다'는 어감상 어색하므로 쓰지 않는다.

| 척추까지 뒤흔드는 강렬한 자극에 무릎이 자꾸만 꺾였다.

물기 어리다

북마녀 Tip! '젖은'을 대체할 수 있는 표현. 눈빛, 소리, 특정 부위 등 물에 흠백 젖은 것은 아니지만 살짝 젖을 정도로 촉촉하게 물기가 있는 정도를 묘사한다. 씬에서는 대체로 체액과 땀 때문에 젖는 상황이 연출된다. 목소리를 묘사할 땐 울먹임을 비유하는 표현이다.

> 난폭하게 들쑤셔질 때마다 물기 어린 소리가 접합부에서 계속 새어 나왔다.

반도 안 들어가다

북마녀 Tip! 남자의 성기가 너무 커서 다 넣지 못한 상황. 결과적으로는 뿌리까지 넣을 것이므로, 삽입 단계에서 쓴다. 대사로 적어도 좋다.

> 휘몰아치는 고통 속에 시선을 내렸지만, 놈의 좆은 아직 반도 안 들어온 상태였다.

반쯤 서다/반쯤 일어서다

북마녀 Tip! 페니스가 완전히 발기한 상태가 아니라 살짝 부푼 정도를 의미하며, 본격 씬으로 들어가기 직전 묘사로 활용한다. 그러나 '반쯤'을 생략하고 '일어서다'만 쓰면 어감상 이상해 보일 수 있다. '반쯤 발기하다'로도 쓸 수 있다.

> 반쯤 섰는데도 저 크기인데 완전히 발기한다면 내가 감당할 수 있는 수준이 아닐 것이다.

발정난 암컷/발정난 암캐

북마녀 Tip! 여성향 중 남녀 관계일 때는 주의하여 써야 한다. 여주의 입장에서 자학의 심리로 쓰일 땐 괜찮다. 15금에 나오기엔 좀 부담스러운 표현.

> 지난밤 자신의 모습은 발정난 암캐 그 자체였다.

발정난 짐승/발정난 수컷/발정난 수캐

북마녀 Tip! 성호르몬으로 이성이 사라지고 관계를 맺고 싶어 안달이 난 상황을 비유한다. 어감상 '짐승'보다 '수컷', '수캐'는 15금에서 위험할 수 있다.

> 발정난 수컷처럼 달려들어 밤새 쑤셔 박아도 질리지 않았다.

밭은 숨

북마녀 Tip! 숨이 가쁘고 급하다는 뜻. '숨이 가쁘다', '가쁜 숨' 모두 쓰이는 것과는 달리, '숨이 밭았다'는 어감이 어색하여 쓰지 않는다. '가쁘다'보다 조금 더 문학적인 표현이면서 작가들이 잘 쓰지 못하는 단어라 오히려 활용하기 좋은 경우다.

> 입술이 떨어지자마자 밭은 숨을 겨우 내뱉었다.

배꼽 위까지 올라붙다

북마녀 Tip! 남성기가 완전히 발기했으며, 그것이 매우 길다는 의미를 동시에 묘사하는 표현이다.

> 배꼽 위까지 올라붙은 좆이 쿠퍼액을 뱉어내고 있었다.

배려 없이/배려 없는

북마녀 Tip! 강압적인 성관계에서 거칠고 난폭한 동작에 덧붙인다. 단어 자체는 별달리 야하지 않지만 맥락상 15금에선 위험하다.

> 좁은 입구를 억지로 파고든 손가락이 배려 없이 앞뒤로 드나들었다.

부피를 키우다

북마녀 Tip! 남자의 성기가 발기하는 모습. 특히 사정 후 아직 안 뺀 상황에서 쉼 없이 두 번째 성관계로 진행될 때 활용하면 좋다. '크기를 키우다'로 써도 된다.

> 내벽을 아직 채우고 있는 좆이 다시 부피를 키우기 시작했다.

분수를 터트리다

북마녀 Tip! 깊은 절정에 따라 물에 가까운 체액이 분출되는 여성 사정의 은어적인 표현. 일반적인 점액 느낌의 애액 묘사로는 쓰지 않는다.

| 허벅지를 발발 떨던 그녀가 마침내 고개를 젖히며 분수를 터트렸다.

분수처럼

북마녀 Tip! 남성의 사정 모습을 비약하여 묘사하는 말이다. 여성 사정으로도 쓸 수 있으나 한 작품에서 남녀의 상태를 같은 표현으로 쓰지는 말 것. 보통 '내뿜다', '뿜다'와 결합하여 활용한다. 일반적인 애액의 흐름에는 어울리지 않으므로 써서는 안 된다.

| 내벽 깊은 곳까지 따뜻한 사정액이 분수처럼 내뿜어졌다.

붉게 물들다

북마녀 Tip! 빨거나 깨무는 애무를 받은 후 마찰, 자극, 열기로 인해 피부의 색이 변한 상태를 표현한다.

| 남자는 붉게 물든 가슴을 차가운 눈으로 내려다보았다.

비음이 섞이다

북마녀 Tip! 쾌감과 흥분으로 신음이나 흐느낌에 콧소리가 섞이는 상황. 신음을 적지 않는다는 전제로 15금도 가능하다.

> 흐느낌에 비음이 섞이며 여자의 아래가 좆을 한껏 조여 물었다.

비집고 들어가다/비집고 들어오다

북마녀 Tip! 인체의 틈을 벌려가며 뭔가를 넣는 동작을 뜻한다. 손가락이나 혀도 가능하다. 단, 성기의 삽입에는 어울리지 않는다. 15금에서 쓰려면 수위 조절이 필요하다.

> 허리를 휘감으며 입술 새를 비집고 들어갔다.

빠듯하게 벌어지다

북마녀 Tip! 삽입된 성기가 구멍에 꽉 차서 구멍이 찢어지기 직전인 상황을 묘사한다. 구멍에 비해 성기가 너무 크다는 걸 강조하는 표현이다. 펠라티오에서도 쓸 수 있다.

> 오랜 시간 공을 들여 충분히 풀어두었지만 구멍은 여전히 빠듯하게 벌어졌다.

뿌리 끝까지

북마녀 Tip! 남자의 성기가 시작되는 몸 쪽 끝부분을 뜻한다. 수위를 낮추는 게 불가능한 표현이다.

> 뿌리 끝까지 쑤셔 박으며 으르렁거렸다.

뿌리를 뽑을 기세로

북마녀 Tip! 혀뿌리를 뽑을 만한 힘으로 강하게 빨아들이는 키스를 묘사하는 구절. 키스 장면에서 아예 관용구처럼 쓰이는 표현이다. 펠라티오 장면에서도 쓸 수 있다.

> 뿌리를 뽑을 기세로 혀를 빨아당겼다.

살이 보기 좋게 붙다

북마녀 Tip! 씬에서는 주로 엉덩이의 통통한 형태를 묘사할 때 쓴다. 여성의 가슴은 비교적 살이 충분하고, 남성의 가슴은 벌크업이 되더라도 탄탄하게 올라붙으므로 그다지 어울리지 않는다. 남자의 성기에 이 표현을 쓰는 건 불가능하다. 씬이 아닌 장면에서는 굶주려서 말랐던 인물이 잘 먹어서 어느 정도 살이 쪘을 때 쓸 수 있다.

> 아무래도 남자라 가슴은 잡는 재미가 없어도 엉덩이만큼은 살이 보기 좋게 붙어 만질 맛이 났다.

살점이 딸려 나오다

북마녀 Tip! 삽입했던 남성기를 빼낼 때 성기에 착 달라붙은 구멍 속 속살이 성기의 움직임을 따라 구멍 밖으로 나오려는 상황을 묘사할 때 쓴다. 실제로 이 현상이 일어나는 건 아니지만 성기가 너무 큰 나머지 내벽의 살과 꽉 달라붙은 상태를 강조하는 관용적 표현이다.

| 제 것을 빼낼 때마다 내벽의 살점이 딸려 나올 것처럼 달라붙어 보챘다.

삽입을 돕다

북마녀 Tip! 상대가 성기를 구멍에 넣기 편하도록 자신의 신체를 최대한 맞출 때 쓴다. 이 표현만으로는 부족하고, 실질적인 동작이 같이 설명되는 것이 좋다.

| 허리를 살짝 들고 다리를 최대한 벌리며 삽입을 도왔다.

삽입이 깊다

북마녀 Tip! 구멍 안쪽 깊은 곳까지 삽입된 상황을 말하며, 받는 입장에서의 표현이다. 이 표현을 써서 15금 검수를 통과한 작품이 있으나 예외적인 경우로 보이며, 무조건 통과라고 볼 수 없다.

| 삽입이 너무 깊은 나머지 숨이 턱턱 막혀왔다.

새된 비명(교성)

북마녀 Tip! '새되다'는 높고 날카로운 소리를 의미하므로 '새된'이 '신음'을 수식하는 건 어울리지 않는다. '비명이 새되다'로 쓰는 것도 어색하다.

> 성기가 거칠게 들어올 때마다 새된 비명을 내질렀다.

생리적인 눈물

북마녀 Tip! 슬픔의 감정이 아니라 그야말로 신체적인 반응 때문에 새어 나오는 눈물. 삽입이나 펠라티오 시 고통을 느끼는 장면에서 쓰기 좋다.

> 몸이 찢어지는 듯한 고통에 생리적인 눈물이 절로 흘러나왔다.

성기가 끊어지다

북마녀 Tip! 삽입 받는 사람이 너무 힘을 줘서 구멍을 조이는 바람에 삽입한 사람이 약간 고통을 느낄 때 활용한다. 실제로 이 일이 일어나진 않지만 상태를 왜곡하여 강조하는 표현. 이 자체가 더티토크라 15금은 아예 불가능하다.

> "적당히 조여, 자지 끊어지겠네."

성욕을(욕구를) 풀다

북마녀 Tip! 성관계를 통해 해당 인물의 성적 욕구를 해결할 때 쓴다. 불충분하다는 설명을 하기 위해 활용하기도 한다.

> "내 성욕을 풀어 주겠다더니 생각이 달라졌나 보네?"

속도를 높이다/속도를 내다

북마녀 Tip! 피스톤 운동이 점점 빨라지는 모습으로 거의 사정에 다다르기 직전 상황에 쓴다. 이 표현만으로는 15금도 가능하다.

> 퍽퍽 살이 맞부딪치는 소리가 나도록 짓쳐대며 속도를 높였다.

속력을 올리다

북마녀 Tip! 피스톤 운동을 더욱 빠르게 하는 모습을 묘사하며, 일반적으로 사정 직전 장면에 쓴다. 구체적인 묘사 없이 15금 씬에서 이 표현을 쓰면 독자들이 알아서 이해한다.

> 무자비하게 속력을 올리며 치받자 맞닿은 접합부에서 쩍쩍 소리가 났다.

손가락을 구부리다

북마녀 Tip! 구멍 안에 들어간 손가락이 인물의 성감대를 건드리기 위해 하는 동작.

| 내벽의 주름을 매만지던 손가락이 갑자기 구부러지며 스팟을 긁어내렸다.

손으로 해 주다

북마녀 Tip! 표현 자체는 야하지 않지만 성기를 손으로 애무하여 사정시키겠다는 뜻이 내포되어 있다. 여주나 수가 이 말을 할 수 있다. 남주나 공이 이 행동만 하는 것보다는 삽입 단계까지 진행하길 권한다.

| "오늘은 아파서 못할 것 같아, 손으로 해 줘도 돼?"

손을 가져가다

북마녀 Tip! 아직 애무가 시작되지는 않았으나 시작할 기세를 갖춘 손의 움직임을 뜻한다. 움직임의 과정뿐만 아니라 닿은 순간까지 포함된다.

| 그가 남자의 아랫도리로 손을 가져가며 능글맞게 웃었다.

손톱을 세우다

북마녀 Tip! 통증이나 쾌감으로 인해 여성이나 수가 저도 모르게 상대의 몸을 할퀴는 동작. 씬으로 들어가기 전의 몸싸움에서도 쓸 수 있다. 남주나 공이 이 동작을 하면 굉장히 어색하므로 절대 금지. 동작 자체는 야한 게 아니라 15금 통과 가능하다.

> 아래를 꿰뚫리는 아픔에 그녀는 손톱을 세워 그의 등을 마구 할퀴었다.

손톱자국이 남다

북마녀 Tip! 손톱 끝을 살에 박거나 할퀴어서 생긴 자국이 신체 부위에 남은 모습을 뜻한다. 쾌감을 견디며 저도 모르게 하는 행동에 따른 결과라 격정적인 씬 후에 적는다. 남주와 공의 몸 상태 묘사로 활용한다.

> 사내의 너른 등에 붉은 손톱자국이 남아 있었다.

수컷의 냄새/수컷의 향기

북마녀 Tip! 남자의 체취를 뜻하는 표현이지만, 현실(!)의 냄새가 아니라 조금 더 좋은 향과 분위기 묘사에 가깝다. 물론 사정 후의 실질적인 냄새를 묘사하는 것도 가능하다. 표현 자체는 야한 게 아니지만 명확하게 정액을 묘사하는 것은 15금 불가.

> 입안에 잔뜩 머금은 정액에서 수컷의 냄새가 진동했다.

숨을 고르다

북마녀 Tip! 성행위를 잠시 멈췄거나, 끝난 후 헐떡임을 줄이며 호흡하는 모습.

> 엎드린 채 간신히 숨을 고르는 그녀의 골반을 쥐고 다시금 몸을 붙여왔다.

신음을 터뜨리다

북마녀 Tip! 15금에선 신음 자체를 과하게 적지 않는 것이 좋다. 지문에서 동작으로 설명할 때 활용한다.

> 그녀는 신음을 터뜨리며 저도 모르게 남자의 몸을 끌어안았다.

실오라기 하나 걸치지 않다

북마녀 Tip! 겉옷과 속옷을 하나도 입지 않고 벌거벗은 상태를 묘사하는 관용적 표현. 이 표현이 나오더라도 알몸에 관한 정확한 묘사가 없다면 15금에 크게 문제되진 않는다.

> 이윽고 그녀는 실오라기 하나 걸치지 않은 나신으로 그 앞에 섰다.

심을 세우다

북마녀 Tip! 심이란, 기둥 모양의 물체에서 중심이 되는 부분이다. 씬에서 애무를 위한 사전 동작으로 혀에 힘을 준 모습을 일컫는다. 남성기가 발기한 상태를 표현하는 것도 가능하다.

> 뾰족하게 심을 세운 혀 끝이 번들거리는 구멍을 희롱했다.

씨를 뿌리다

북마녀 Tip! 씬에서는 사정의 순간을 표현한다. 또한 씬이 아닌 장면에서 임신을 목적으로 하는 번식 행위를 비유적으로 이르기도 한다.

> 부풀 대로 부푼 좆이 내벽 안에서 꿈틀거리며 씨를 뿌렸다.

앞섶이 부풀다

북마녀 Tip! 옷을 입고 있는 상태에서 페니스가 발기된 상황을 묘사한다.

> 터질 듯이 부풀어 버린 바지 앞섶을 어떻게든 가리려고 노력했다.

애욕이 끓다/애욕이 끓어오르다

북마녀 Tip! 상대에 대한 성애의 욕망이 마구 커지는 상태. 동사와의 조합이 중요하다.

> 끓어오르는 애욕을 도저히 참을 수 없었다.

야해 빠지다

북마녀 Tip! '야하다'를 더 속된 구어체로 강조하는 표현이다. 인물의 속마음이나 대사로 쓰기 좋다.

> "이렇게 야해 빠져서야, 내가 아가씨를 가만히 둘 수 있겠어요?"

어린애 주먹만 한

북마녀 Tip! 남성기 끝에 달린 귀두 부분이 두껍고 크다는 의미의 비유적 표현.

> 어린애 주먹만 한 선단에서 묽은 선액이 질금질금 새어 나오고 있었다.

어린애 팔뚝만 한

북마녀 Tip! 남성기 전체가 굵직하고 크다는 의미의 비유적 표현이다.

> 밴드를 내리자 어린애 팔뚝만 한 페니스가 튕겨 나왔다.

얼굴을 묻다

북마녀 Tip! 어깨나 가슴 등에 얼굴을 대고 숨기는 듯한 동작으로 목덜미에 입술이 닿을 만큼 깊이 안을 때 쓴다. 낭만적인 느낌이 강한 표현이다. 펠라티오나 커닐링구스 동작에서 쓰는 것도 가능하지만 이보다 조금 더 센 표현으로 쓰는 편이 낫다.

| 나도 모르게 조여드는 몸이 부끄러워 남자의 어깨에 얼굴을 묻었다.

얼굴을 처박다

북마녀 Tip! 커닐링구스나 펠라티오의 동작 설명에서 직접적이고도 음란한 느낌을 더욱 살릴 수 있다. 실제로 펠라티오까지 가지 않더라도 이 행동을 하거나 시키는 흐름으로 진행하는 것도 가능하다.

| 남자가 그녀의 다리 사이에 얼굴을 처박고 쭉쭉 빨아올리기 시작했다.

엉덩이를(허리를) 들썩거리다

북마녀 Tip! 안달이 난 탓에 스스로 몸을 들었다 내려놓았다 하는 동작. 상대가 몸을 들었다 내려줄 땐 이 표현을 쓸 수 없다.

| 엉덩이를 들썩거리며 어서 박아 달라고 보채고 있었다.

영역 표시

북마녀 Tip! 동물이 영역 보존을 위해 배설물 따위로 흔적을 남기는 행위를 말한다. 19금 씬에서는 키스마크를 만들거나 정액을 신체 부위에 뿌리는 장면 연출 시 활용하지만, 15금에선 수위 조절이 필요하다.

> 영역 표시라도 하려는 듯 새하얀 가슴과 배에 진득한 정액을 넓게 문댔다.

옴짝달싹하지 못하다/옴짝달싹 못 하다

북마녀 Tip! 상대가 꽉 잡거나 압박하며 누르고 있는 탓에 몸을 전혀 움직이지 못하는 상황을 표현한 것이다.

> 육중한 몸에 눌려 옴짝달싹하지 못하고 애무를 당해야 했다.

요도구 끝을 막다

북마녀 Tip! 남성의 성기가 사정하지 못하도록 정액이 배출되는 구멍을 막아 버리는 행위. BL에서 주로 활용되지만 로맨스의 여공남수 씬에서도 등장할 수 있다.

> 혀로 요도구 끝을 막아 사정하지 못하게 하자 하얀 몸이 펄떡거리며 허리를 튕겼다.

요의를 느끼다

북마녀 Tip! 애무나 피스톤 운동으로 자극받았을 때 느끼는 신체적 반응 중 하나. 일반적으로는 기분일 뿐 실제로 오줌이 마려운 것은 아니다. 다만, 이 증상을 여성 사정의 징후로 그릴 수도 있다.

> 남자의 혀가 돌기를 계속해서 뭉개자 발가락이 오므라들며 요의가 느껴졌다.

욕구를(성욕을) 채우다

북마녀 Tip! 성관계를 통해 해당 인물의 성적 욕구를 해결할 때 쓴다. 불충분하다는 설명을 하기 위해 활용하기도 한다.

> 한두 번의 사정으로 그동안의 욕구가 채워질 리가 없었다.

우뚝 서다

북마녀 Tip! 완전히 발기한 상태. '우뚝'에는 '발기하다'를 조합하지 않으니 주의한다.

> 우뚝 서 있는 저놈의 성기가 내 것의 두 배는 될 것 같아 내심 마음이 쓰렸다.

울혈이 지다/울혈이 생기다

북마녀 Tip! 물고 빠는 애무 때문에 피부가 자극을 받아 자국이 난 상황을 의미한다. 15금에서도 쓸 수 있으나 이 표현이 나오기 전 너무 과한 애무 묘사는 금물.

| 흡입하듯 빨아들이자 하얀 피부에 울긋불긋 울혈이 졌다.

윤활제 삼아

북마녀 Tip! 씬에서 인물이 윤활제를 별도로 쓰지 않고 체액을 대신 활용할 경우, 명확하게 윤활제라는 말을 적어주는 것이 좋다. 즉, '젤 삼아'라고 쓰진 않는다.

| 애액을 윤활제 삼아 제 기둥에 마구 비비고는 구멍에 선단을 맞췄다.

음낭이 ~을 때리다

북마녀 Tip! 매우 강하고 거친 피스톤 운동시 필연적으로 나오게 되는 동작. 체위에 따라 엉덩이 혹은 허벅지에 고환이 맞부딪치게 된다.

| 철썩철썩 음낭이 엉덩이를 때리며 물기 어린 소리를 냈다.

음모가 비벼지다

북마녀 Tip! 벗은 하체를 완전히 붙여 움직일 때 일어나는 현상이다. 그러나 남녀 간의 성관계에서는 음모 표현을 너무 과하게 하지 않도록 한다. 펠라티오 장면에서도 쓸 수 있다.

> 눈을 질끈 감은 얼굴에 대고 음모가 비벼지도록 사타구니를 들이밀었다.

이를 세우다

북마녀 Tip! 이를 드러내어 당장이라도 깨물 준비가 되어 있는 상태다. 15금도 가능하지만 거친 분위기의 씬에 어울린다. 강압적인 펠라티오에서 적절히 활용 가능하며 '이를 세우지 말라'는 명령으로 자주 쓰인다.

> "이 세우지 말고 제대로 빨아."

이를 악물다

북마녀 Tip! 참거나 버티려는 의지, 어떤 행위를 힘있게 하려는 의지가 담긴 몸짓 언어를 말한다. 사용 빈도의 맥락상 대체로 15금 가능하지만, 삽입하는 주체의 행동인 경우 조심히 써야 한다.

> 그녀는 덜덜 떨리는 허벅지를 움직이지 않으려 애쓰며 이를 악물었다.

인정사정 봐 주지 않다

북마녀 Tip! '인정사정없이'와 같은 뜻이지만 글자 수가 늘어나고, 반복을 피할 수 있다.

> 인정사정 봐 주지 않고 마구 쑤셔 넣어 짓밟고 싶은 마음이 들었다.

입술을 겹치다

북마녀 Tip! 딥키스의 시작점에 활용한다. 시작부터 이미 입을 벌린 상태이므로 '입을 맞추다'와는 다르다.

| 성기를 질구에서 빼지 않은 채로 입술을 겹쳤다.

입술을 묻다

북마녀 Tip! 은밀한 부위 혹은 움푹 들어갈 수 있는 부위에 입술을 댈 때 활용한다. 의미상 키스나 펠라티오에서는 사용할 수 없고, 커닐링구스에는 알맞다. 부위를 정확하게 적지 않는 전제로 15금도 가능하다. 어깨나 목덜미에 하는 경우 역시 15금이 가능하다.

| 이미 애액으로 촉촉이 젖어 있는 음부에 입술을 묻었다.

입술이 부풀어오르다

북마녀 Tip! 실제로는 '행위 후 증상'에 해당하지만, 이를 동작처럼 비유하여 적을 수 있다.

| 입술이 부풀어 오르는 내내 그녀는 눈을 뜰 수 없었다.

입에 넣다

북마녀 Tip! 신체 부위가 입안으로 들어오도록 살며시 무는 동작. 치아를 이용하여 깨무는 의미를 포함하지 않으므로 비교적 부드러운 애무에 속한다. 엉덩이나 가슴 등 넓은 부위에는 적용할 수 없으며 유두, 음핵처럼 조그마한 부위나 남성기 등 입의 폭에 맞는 부위에만 적용할 수 있다.

> 조그마한 젖꼭지를 입에 넣자 앓는 소리가 새어 나왔다.

입으로 해 주다

북마녀 Tip! 표현 자체는 야하지 않지만 성기를 입으로 애무해 주겠다는 뜻이 내포되어 있다. 펠라티오, 커닐링구스 모두 가능하다.

> "엉덩이를 못 벌리겠다면 입으로라도 해 주든가."

입을 맞추다

북마녀 Tip! 혀를 쓰지 않고 입술을 다문 채로 맞대는 행위. 입술과 입술을 맞대는 뽀뽀뽀만 아니라 상대의 신체 부위에 입술을 대는 경우에도 활용 가능하다. 너무 은밀한 부위가 아니라면 15금에서도 무난히 쓸 수 있다.

> 발발 떠는 음핵에 입을 맞추고 아래로 내려와 샘솟는 즙을 핥았다.

자극을 가하다

북마녀 Tip! '자극하다'를 풀어 쓴 표현으로, 조금 더 괴롭히는 뉘앙스가 있다. 이전에 더 상세한 동작이 나왔을 시, 동작 단어를 반복하지 않고 이를 활용할 수 있다.

> 다시금 가해지는 자극에 엉덩이를 요리조리 피해 봤지만 소용없었다.

자세를 바꾸다

북마녀 Tip! 씬에서 '체위를 바꾸다'와 동일한 의미로 쓸 수 있다. 그래도 15금에 크게 무리 없는 표현.

> 남자가 돌연 자세를 바꿔 그녀를 짓눌러 왔다.

작살에 꿰뚫린 듯/작살에 꿰뚫린 물고기처럼

북마녀 Tip! 너무 큰 성기가 반 이상 삽입되었을 때 받는 사람이 느끼는 감각을 묘사하는 비유적인 표현. 아예 '물고기'를 같이 써 주기도 한다. 15금에서 삽입 묘사가 구체적이지 않더라도 이 비유가 들어가면 맥락상 삽입 상태라는 것을 알 수 있다.

> 작살에 꿰뚫린 물고기처럼 엉덩이를 떨며 파닥거렸다.

~에 절다

북마녀 Tip! '절이다'의 수동태 표현이다. 원형으로 쓰기는 쉽지 않고, 당하는 입장으로 쓴다. 쾌감이나 페로몬(호르몬) 등 중독적인 무언가에 잔뜩 취한 느낌을 묘사할 수 있다.

> 알파의 페로몬에 절어 할딱이는 제 모습이 거울에 비쳤다.

절정에 오르다

북마녀 Tip! 절정이란, 오르가슴을 말한다. 하이(high)해진 상태라 '오르다'와 조합된다. 상투적인 표현이지만 굳이 제외할 필요는 없다.

> 절정에 오르자 머릿속이 지잉 울리고 온몸이 바들바들 떨려왔다.

절정을 맞다

북마녀 Tip! 직접적인 동작과 함께 쓰지 않는다는 전제로 15금도 가능하다. '절정에 오르다'와 조사가 다르다는 점을 유념할 것. 오래된 관용구는 아니고 근래 들어 나타난 구어체다.

> 페니스가 내벽의 깊숙한 곳에 퍽 하고 꽂힌 순간 절정을 맞은 몸이 연신 떨려왔다.

젖은 소리를 내다/젖은 소리가 나다

북마녀 Tip! 땀이나 타액을 포함한 체액이 몸에 묻어나 소리가 나는 것을 의미한다. 두 사람의 신체 부위가 붙었다 떨어질 때 끈적이는 느낌을 청각적으로 살리는 표현이다. 키스, 애무, 삽입, 피스톤 운동 모든 장면에서 활용 가능하다. 15금에서는 동작의 수위 조절이 필요하다.

> 한 차례 구멍 안을 마구 휘젓던 손가락이 젖은 소리를 내며 떨어져 나갔다.

조절할 수 없다 / 조절하지 못하다

북마녀 Tip! 행위와 욕망을 참지 않는다는 것을 드러내며 섹텐을 조성한다. 사정을 컨트롤하지 못한다는 의미로 쓸 경우 성적으로 무능력하고 한심해 보이기 때문에 맥락을 주의하여 써야 한다.

> 제 아래에서 울게 만들고 싶은 욕망을 조절할 수 없었다.

줄줄 흘러내리다

북마녀 Tip! 애액, 정액, 쿠퍼액 등 인간의 체액이 미끄러지듯 떨어지는 모습을 묘사한다. '질질'과는 달리 땀도 설명할 수 있지만, 반대로 타액을 묘사하기엔 어감상 야한 게 아니라 과하게 지저분해 보이니 주의한다.

> 내가 쏟아낸 사정액과 놈이 뿌려댄 탁액이 엉켜 허벅지를 타고 줄줄 흘러내리고 있었다.

진퇴를 거듭하다 / 진퇴를 반복하다

북마녀 Tip! 앞으로 나아갔다가 뒤로 물러나는 피스톤 운동을 설명하는 단어. 반드시 명사형으로 쓰고 동사를 덧붙여 준다. 동사형 '진퇴하다'로 쓰면 오히려 어색해 보인다.

> 손자국이 나도록 골반을 세게 붙잡고 진퇴를 반복했다.

질 나쁘다

북마녀 Tip! 씬에서 더티 토크를 하는 인물의 말에 관한 표현이다. 전후에 대사가 같이 나오는 것이 효과가 높다. 반드시 욕설이 들어가지 않아도 쓸 수 있는 표현이다.

> 질 나쁜 말을 툭툭 내뱉으면서도 방아질을 멈추지 않았다.

질질 흘러내리다

북마녀 Tip! 애액, 정액, 쿠퍼액, 침 등 인간의 체액이 미끄러지듯 떨어지는 모습을 묘사할 때 쓴다. 땀은 이렇게 쓰면 지저분해 보이므로 제외한다. 또한 씬의 후반부에서 남주의 사정 동작으로 이 표현을 쓰면 성적 능력이 약해 보이니 쓰지 말 것.

> 좆에서 쿠퍼액이 질질 흘러내리고 있는데 아니라고 해 봤자 믿어 줄 리가 없었다.

짐승이 교미하듯

북마녀 Tip! 발정기에 들어선 네발짐승이 허겁지겁 생식 행위를 하는 느낌에 빗대어 급하고 격한 움직임을 묘사한다. '교미'만 쓰면 뜻이 불충분하고 어색하다.

> 짐승이 교미하듯 그녀의 몸을 끌어안고 빠르게 박아 넣었다.

짐승처럼 달려들다/짐승처럼 달라붙다

북마녀 Tip! 씬이 지나간 후 씬이 엄청났음을 15금에서 은연중에 표현할 수 있다. 씬 장면 안에서 거친 동작을 묘사하는 용도로도 쓸 수 있다. 달달한 흐름의 씬에는 어울리지 않는다.

> 짐승처럼 달라붙었던 지난밤이 떠올라 얼굴이 절로 붉어졌다.

짓쳐 들어가다

북마녀 Tip! 원형 '짓치다'는 함부로 마구 친다는 뜻이며, 이에 삽입하는 맥락을 조합하여 거친 피스톤 운동 동작에 활용한다. 원형만으로는 어감상 어울리지 않으므로 '짓쳐대다'처럼 보조동사를 붙이거나, 다른 동사를 조합하는 것이 좋다.

> 허리를 뒤로 물렸다가 강하게 짓쳐 들어갈 때마다 좁은 구멍이 좆을 감싸왔다.

찌르르 울리다/찌르르하게 울리다

북마녀 Tip! 삽입을 받는 쪽이 느끼는 증상의 관용적 묘사. 성행위 동작이 아니기 때문에 15금도 가능하다.

> 성기가 진입할 때마다 배 속이 찌르르하게 울렸다.

체위를 바꾸다

북마녀 Tip! 글자 그대로 두 사람 간의 삽입 구도를 변경하는 것. 엄청나게 음란한 느낌이 드는 표현은 아니지만 15금에 쓰기는 부적합하다.

> 남자가 체위를 바꿔 그녀를 자기 몸 위에 올렸다.

체중을 싣다

북마녀 Tip! 보통 삽입 상태에서 누를 때 더 압박하는 동작이다. 원형은 '싣다'이지만 활용형은 '실어'가 되므로 활용 시 정확하게 쓸 것.

> 뿌리 끝까지 삽입한 채로 체중을 실어 눌러왔다.

쾌감이 퍼지다

북마녀 Tip! '쾌감을 느끼다'는 비교적 빤하고 평범한 표현이므로 이를 대체할 표현을 찾을 것.

> 쾌감이 온몸으로 퍼지며 열이 올랐다.

쾌락에 젖다

북마녀 Tip! 성적 흥분을 강하게 느낀 상태를 뜻한다. 특별히 야한 표현은 아니므로 15금에서 통과될 수 있다.

> 쾌락에 젖어 목이 쉬도록 교성을 지른 지난밤을 철저히 잊고 싶었다.

쿡쿡 찌르다

북마녀 Tip! 씬에서 찌르는 주체는 성기이며, 삽입 전 동작으로 흥분했음을 나타낼 수 있다. 정확하게 삽입을 뜻할 수는 없다. 혀를 묘사하기엔 적합하지 않다. '콕콕'은 작은 뉘앙스라 큰 성기에 어울리지 않으므로 쓰지 않는다.

> 뒤에서 묵직한 것이 그녀의 허리께를 쿡쿡 찔러대고 있었다.

타액이 섞이다/타액이 섞여들다

북마녀 Tip! 딥키스의 과정을 표현한다. 관련 묘사를 충분히 하면 좋지만, '침'이란 단어 대신 다른 표현으로 돌려 쓰는 게 좋고, '타액'이 가장 무난하다. '타액을 섞다'는 뱉은 침을 섞는 행위에 집중한 뉘앙스라 맥락상 어색하다.

> 보드라운 입술이 뭉개지며 서로의 타액이 섞여들었다.

터질 듯

북마녀 Tip! 여주의 흥분 상태나 여성의 가슴 묘사로 적절히 활용하면 15금도 가능하다. 남성기의 발기 상태를 표현할 수도 있으나 19금에서만 가능하다.

> 밴드를 내리자 드러난 그의 양물은 당장이라도 터질 듯 팽창해 있었다.

(퉁) 튕겨 나오다

북마녀 Tip! 속옷에 숨겨져 있던 것이 튀어나오는 모습. 탄성이 있는 움직임을 묘사하는 표현이다. 가슴이나 엉덩이에는 어울리지 않고 페니스에 적합하다.

> 드로어즈를 내리자 천을 찢을 듯이 부풀어 있던 성기가 퉁 하고 튕겨 나왔다.

피가 끓다

북마녀 Tip! 성욕이 올라오고 발정으로 가는 중의 컨디션을 뜻하는 은유적인 표현이다.

> 제 가슴팍에 눌리는 보드랍고 둥그런 가슴에 벌써부터 피가 끓었다.

피가 몰리다

북마녀 Tip! 흥분감에 의해 붉게 변한 상태. 일반적으로 남성기의 끝부분 묘사 시 활용한다.

> 피가 몰려 귀두가 벌게진 좆이 당장이라도 아래를 꿰뚫을 듯이 꺼덕였다.

픽픽 쏘다/핏핏 쏘다

북마녀 Tip! BL의 수가 쉽게 절정에 올라 사정해 버린 모습을 표현할 때 쓴다. 남주나 공의 사정을 이렇게 묘사해서는 안 된다.

> 뒤로 쑤셔지면서 발딱 서 버린 내 물건도 마침내 멀건 액을 핏핏 쏘고 늘어졌다.

핏줄이 불거지다 / 핏줄이 서다

북마녀 Tip! 남성의 페니스가 너무 커져서 혈관이 튀어나와 보이는 상태.

> 속옷을 내리자 발기하다 못해 이미 핏줄까지 툭툭 불거진 양물이 드러났다.

한 손으로 쥐기 힘들다

북마녀 Tip! 남성기의 크기를 강조하는 상투적인 표현이나, 질리지 않는 묘사다. 여기서 손은 성기의 소유자가 아닌 상대의 손을 의미한다.

> 한 손으로 채 쥐기도 힘든 기둥을 겨우 두 손으로 잡고 입으로 머금었다.

한계까지 몰아붙이다

북마녀 Tip! 다정하고 느린 스킨십에서 쓰면 어울리지 않고, 조금 더 과격한 분위기의 장면에서 쓴다. 키스보다는 성관계까지 갔을 때 쓰는 게 더 극적이다. 표현 자체는 검수에서 걸리지 않는다.

> 한계까지 몰아붙여진 그녀의 질구가 벌어지며 애액이 흘러나왔다.

허리를 (뒤로) 물리다

북마녀 Tip! 골반을 뒤쪽으로 들어 올려 삽입되었던 성기를 빼내는 동작. 완전히 빼낸 직후 바로 다시 강한 삽입이 이어지는 경우가 많다. 이 표현만으로는 수위가 낮아서 15금 가능하다.

| 허리를 뒤로 물렸다가 퍽 소리가 나도록 끝까지 좆을 쑤셔 넣었다.

허리를 (잘게) 털다

북마녀 Tip! 피스톤 운동 시 빠르게 움직이는 모습. 거의 사정 직전에 이르렀을 때 활용한다. 상황에 따라 약간 추잡하고 급해 보이는 뉘앙스가 있으므로, 캐릭터에 어긋나지 않도록 주의해서 쓸 것.

| 내벽에 뿌리 끝까지 처박은 채 허리를 털었다.

허리를 (활처럼) 휘다

북마녀 Tip! 여성이나 수가 쾌감을 느낄 때의 리액션. 애무에 반응하지 않으려고 참아내는 태도로도 쓸 수 있다.

| 여자는 허리를 활처럼 휘며 그의 손길을 참아내고 있었다.

허리를 비틀다

북마녀 Tip! 의도된 동작이 아니라 저도 모르게 하는 반응이다. 애무나 삽입을 받을 시, 씬의 중후반부까지 나오기 좋다.

> 정신을 못 차리고 비트는 허리를 남자가 양손으로 꽉 잡아 눌렀다.

허리를 움직이다

북마녀 Tip! 성기 삽입 후 피스톤 동작을 의미한다. 음란성이 비교적 낮지만, 표현 반복을 피하기 위해 쓸 수 있다.

> 남자는 그녀를 품에 가두고 강하게 허리를 움직였다.

허리를 튕기다

북마녀 Tip! 여성이나 수가 쾌감을 느낄 때의 리액션. '허리를 휘다'보다 활동적이며, '허리를 비틀다'보다 훨씬 적극적인 의사가 담긴 동작이다. 반대로, 남성의 피스톤질을 의미할 수도 있다.

| 반사적으로 허리를 튕기며 그의 속도에 맞춰 아래를 조였다.

혀가 감겨들다

북마녀 Tip! 친친 감듯 달라붙는 의미에 면이 아닌 기둥 모양에 붙는 뉘앙스가 들어 있다. 둘의 혀가 서로 붙는 키스, 남성기를 입으로 애무하는 펠라티오에 어울린다. 15금에서는 이 표현으로 키스만 가능하며, 성기나 그 주변부를 이 동작으로 애무하는 건 불가능하다.

| 갑작스레 감겨드는 혀의 감촉에 놀라 도리어 입을 벌려주고 말았다.

혀로 굴리다/혀를 굴리다

북마녀 Tip! 혀를 내밀어 해당 부위를 동그란 느낌으로 핥는 동작.

| 잔뜩 민감해진 유두를 혀로 굴리니 여자의 몸이 파드득거리며 전율했다.

혀를 뾰족하게 세우다

북마녀 Tip! 이 동작 자체는 야한 행위가 아니지만, 직후 나올 동작이 야하므로 세트로 위험하다. 보통 가슴 애무 혹은 커닐링구스, 펠라티오의 사전 동작으로 활용한다. 키스에는 어울리지 않는 표현이다.

> 혀를 뾰족하게 세워 구멍 속으로 파고들었다.

혀를(손을) 놀리다

북마녀 Tip! 해당 부위를 부지런히 움직인다는 뜻. 즉 애무를 지속적으로 한다는 의미로 쓴다. 성기를 지칭하는 단어에 '놀리다'를 붙이는 건 어울리지 않는다. 표현 자체가 야한 건 아니지만 이 표현이 들어 있는 문장에 '어디'를 애무했는지 적시될 경우 15금은 위험하다.

> 남자가 쉬지 않고 혀를 놀리는 통에 신음이 절로 흘러나왔다.

홍수가 나다

북마녀 Tip! 체액이 다량 흘러내린 상태를 묘사한다. 욕설은 아니지만 상당히 저속하고 적나라한 표현에 해당된다.

> 이미 애액으로 홍수가 난 아랫도리를 들킬 순 없었다.

활짝 드러내다

북마녀 Tip! 옷을 입었을 때 가려지는 은밀한 부위를 타인이 볼 수 있을 정도로 노출한 상태를 뜻한다. 옷을 벗거나 옷자락을 걷어 내거나 들어올린 상태 모두 가능하다. 해당 부위가 적시되어야 느낌이 강조되지만, 15금에선 불가하다. 당사자가 유혹의 의도가 없고 수동적으로 벗겨졌어도 결과적으로 노출되었다면 써도 된다.

> 밝은 조명에서 비부를 활짝 드러내고 누워 있으려니 숨이 막혀 왔다.

흔들리는 시야

북마녀 Tip! 자의 혹은 타의에 의해 몸이 흔들리면서 발생하는 현상. 씬에서는 '시야가 흔들렸다'보다 활용도가 높다. 이 조합 직후에 해당 인물의 눈앞에 보이는 모습을 묘사한다. 그 모습이 적나라하면 등급이 올라간다.

> 흔들리는 시야로 다리 사이에 얼굴을 처박은 그의 뒤통수가 들어왔다.

흥건하게 젖다

북마녀 Tip! 씬에서 땀이 아닌 다른 체액으로 젖는 상황을 묘사한다면 15금 불가. 씬이 아닌 상황에서는 물론 가능하다.

> 야한 물이 골을 타고 흘러내려 엉덩이도 시트도 흥건하게 젖어들었다.

힘을 빼다

북마녀 Tip! 남자의 성기가 너무 큰 탓에 상대가 최대한 통증을 줄이기 위해 하는 동작이다. 이 맥락으로 쓸 땐 15금 불가. 대사로 활용하는 것도 좋다.

> "힘 좀 빼지? 좆을 잘라 먹으려는 거야?"

Part 5

쓰는 만큼 아릇한 '형용사'

형용사는 동사 다음으로 문장 내 비중이 큰 품사다. 씬을 상세히 묘사하기 위해서는 형용사가 생각보다 많이 필요하다. 중요한 신체 부위의 상태, 인물의 매력적인 특징, 관계에 임하는 인물의 태도, 움직임의 방식, 그리고 인물의 심신 반응 및 감정까지 씬의 농밀한 분위기를 쌓아올리는 모든 요소에 형용사가 관여한다. 또한 다수의 형용사가 부사의 형태로 활용 가능하다. 때문에 문장 속에서 동작이나 신체 반응의 강도나 속도, 밀도까지 조절할 수 있다.

그러나 문장 속 모든 명사에 형용사를 매번 붙이거나, 형용사를 겹겹이 배치한다면 과도한 미사여구가 된다. 웹소설은 장르 불문 빠르고 긴장감 있게 진행해야 하고 그중에서도 여성향 장르의 씬 진행은 가독성이 좋아야 한다. 미사여구가 너무 많으면 독자가 해당 장면을 읽는 동안 툭툭 걸려 멈추게 된다. 미사여구로 인해 속도가 느리다는 착각이 들지 않도록 조절할 필요가 있다.

뿐만 아니라 형용사의 성격에 따라 특정 성별에만 쓸 수 있거나, 특정 부위에만 어울리는 식으로 활용의 제약이 있는 경우도 많다. 반대로, 같은 뜻이어도 글자의 한 끗 차이로 씬에 어울리지 않는 단어도 있으니 주의하여 쓰기 바란다.

이 파트에서는 의미 자체로 음란성이 내포되어 씬에서 활용하기 좋은 형용사와 함께, 별달리 야한 뜻이 아니라 일상생활에서 자주 쓰이는 단어인데도 씬에서는 아주 외설스러운 분위기를 자아내는 역할을 하여 작가들에게 사랑받는 형용사까지 모두 모았다. 동사이지만 실상 형용사의 맥락으로 쓰는 단어들도 이 파트에 포함하였다.

가물가물하다

북마녀 Tip! 관계를 통해 체력을 모두 소진한 나머지, 기력이 없고 의식이 흐릿한 상태. '몽롱하다', '희미하다'와 사실상 같은 뜻이며 맥락상 눈앞이 보였다 안 보였다 하는 증상을 포함한다.

> 가물가물해지는 정신을 붙잡으려 했으나 속수무책이었다.

거대하다

북마녀 Tip! 남성기의 크기를 강조하는 대표적인 단어다. 여성향에서 여성의 가슴과 엉덩이가 아무리 크더라도 이 표현을 써서는 안 된다.

> 저렇게 거대한 것이 내 몸 안에 들어온다면 대번에 찢어지고 말 것이다.

검붉다

북마녀 Tip! 발기한 남성기의 색깔을 표현하는 말이다. 최근에는 분홍색으로 묘사하는 경우도 없지 않으나 기본적으로는 조금 어두운 컬러로 설명한다. BL에서는 공과 수의 성기 색깔에 차별화를 둘 필요가 있다.

> 검붉은 선단 끝에서 맑은 흥분액이 줄줄 흘러내렸다.

게걸스럽다

북마녀 Tip! 좀 추잡스러워 보일 수 있으므로 주인공의 동작 묘사에 쓸 때 주의해야 한다. 씬에서는 남주나 공이 물고 빨고 핥는 애무를 할 때 활용 가능하다. 피스톤 운동에는 어울리지 않는다. 정말 특수한 상황이 아닌 이상, 여주의 행동으로는 쓰지 않는다.

> 애액이 흘러내리는 질구에 입술을 대고 게걸스럽게 핥았다.

격렬하다

북마녀 Tip! 세차고 사나운 동작이 나올 때 사용한다. 15금에서 상세한 설명 없이 뭉뚱그리는 용도로 활용하기 좋다.

> 지난밤에 그토록 격렬한 정사를 치렀으니 체력이 남아날 리가 없었다.

격하다

북마녀 Tip! 급하고 거센 동작이 나올 때 쓴다. '격렬하다'를 쓸 자리에 반복을 피하기 위해 활용한다.

> 한층 더 격하게 삽입하고는 내벽을 짓뭉개며 찧어 댔다.

고습하다

북마녀 Tip! 습도가 높다는 뜻으로, '습하다'의 강조 표현이다. '다습하다'도 같은 의미이지만 기후 설명의 뉘앙스에 가까운 단어라 쓰지 않는다.

| 고습한 내벽 안으로 손가락이 빨려 들어갔다.

과격하다

북마녀 Tip! 정도가 지나치게 격렬한 태도를 표현한다. 입맞춤이나 삽입 때의 거친 움직임을 묘사할 때 활용한다.

| 퍽 하고 과격하게 밀어넣자 황홀감이 치밀어 올랐다.

굵다/굵직하다

북마녀 Tip! 남성기의 크기를 표현할 때 사용한다. 여성향에서 남주의 성기는 절대 가느다랄 수 없다.

| 놈이 굵은 성기를 처박을 때마다 목구멍에서 절로 신음이 새어 나왔다.

극악무도하다

북마녀 Tip! 사전적 의미로 활용하는 것은 아니며, 그만큼 사납고 거세며 상대의 몸을 살피지 않는다는 뜻으로 쓴다. 애무는 아무리 거칠어도 이 표현에 어울리지 않으며 삽입 및 피스톤 운동 묘사에 적합하다.

> 부드럽게 잘근거리던 입술이 사라지고, 극악무도한 삽입이 이어졌다.

까슬까슬하다

북마녀 Tip! 남성의 음모를 묘사하는 표현. 여성의 음모를 설명할 땐 되도록 쓰지 않는다.

> 사타구니에 얼굴이 처박힌 순간 까슬까슬한 음모가 뺨이며 눈가에 마구 비벼져 숨을 쉴 수 없었다.

끈적하다/끈적이다

북마녀 Tip! 땀과 각종 체액의 점성을 표현하며 청각적인 묘사에 덧붙이면 더욱 어울린다. 15금에서는 땀 흘리는 피부 및 분위기에 관한 묘사로 적당히 대체 가능하다.

> 내 엉덩이에 그의 고환이 철썩철썩 부딪칠 때마다 끈적하게 마찰하는 소리가 들렸다.

끈질기다

북마녀 Tip! 해당 동작이 한참 이어졌음을 표현한다. 그러나 동작이 너무 구체적으로 음란할 경우, 15금에 같이 못 들어간다.

> 몸부림치는 팔을 내리누르며 유두를 끈질기게 빨았다.

난잡하다

북마녀 Tip! 행동거지가 막되고 문란하다는 의미. 15금에서 명확한 동작을 설명하지 않고 야한 동작을 하고 있다는 것을 뭉뚱그려 표현할 수 있다.

> 남자의 난잡한 손길에 얼굴로 열이 치솟았다.

난폭하다

북마녀 Tip! 특정 동작의 거친 정도를 꾸며주는 단어다. 동사의 수위가 셀수록 더 야하게 읽히는 면이 있다. 일반적으로 피스톤 운동을 꾸미지만, 키스나 다른 애무에도 쓸 수 있다.

> 난폭하게 핥아 올리며 음핵을 희롱하는 혓바닥에 정신을 차릴 수 없었다.

낯뜨겁다

북마녀 Tip! 일반적으로 타인의 성행위를 목격하거나, 자신이 하다가 들켰을 때 이를 표현하기 위해 쓴다. 야한 상황을 부담스럽지 않게 표현할 수 있어 15금에 용이하다. 상대의 더티 토크에 관해 평가하는 말로도 활용할 수 있다.

> 방문을 열자 낯뜨거운 장면이 펼쳐지고 있었다.

내밀하다

북마녀 Tip! '은밀하다'의 유의어로 동양풍에 가장 어울리지만 현대풍에서도 쓸 수 있다.

> 내밀한 곳을 계속 자극 당하자 오금이 접히며 덜덜 떨렸다.

너덜너덜하다

북마녀 Tip! 가학적인 욕망의 심리를 묘사할 때 많이 쓴다. 협박스러운 대사로도 쓸 수 있다. 관계 후 다음 날 초토화된 여주나 수의 컨디션도 설명 가능하다. 앞뒤 표현을 조절하면 15금도 OK.

> 비좁은 구멍을 계속 쑤셔서 아주 너덜너덜하게 만들고 싶었다.

녹진하다

북마녀 Tip! 원래 야한 의미가 아니지만 워낙 씬에서 자주 나오는 단어라 일상 장면에서 목욕 후의 상황 외에는 잘 사용하지 않는다. 씬에서 애무로 몸이 풀어지고 애액이 흘러나와 촉촉해진 상태를 뜻한다.

> 다리 안쪽이 녹진하게 풀어졌다는 걸 알아차릴까 두려웠다.

농밀하다

북마녀 Tip! 본래 '서로 사귀는 정이 두텁고 가깝다'는 사전적 의미의 단어지만, 여기에 섹시한 분위기를 듬뿍 추가해 활용한다.

> 젖어 버린 몸이 농밀하게 그를 유혹하고 있었다.

느릿하다

북마녀 Tip! 특정 행위를 천천히 느린 속도로 할 때 활용한다.

> 느릿한 삽입이 이어지다가 불시에 퍽 하고 깊이 쑤셔 왔다.

능숙하다

북마녀 Tip! 성관계를 전체적으로 잘하고 특히 애무를 자연스럽게 잘하는 태도를 의미한다. 남주와 공은 동정남이어도 이 태도를 유지할 수 있어야 한다. 속으로는 떨더라도 상대가 느끼기에 자연스럽고 잘하면 된다.

> 펠라티오에 능숙하지는 않았지만 쉬지 않고 혀를 놀렸다.

달다

북마녀 Tip! 체액을 핥거나 삼켜서 맛본 상황에서 쓴다. 현실적으로 체액이 달콤한 경우는 없으나 소설적 허용에 속한다. 여성향에서 상대의 애액, 타액, 땀에 관한 남주의 표현으로 활용한다. 특히 여성의 애액에 관한 현실적 맛 표현은 남자 입장에선 하지 않는 게 좋다.

> "보짓물이 왜 이렇게 달아, 종일 빨고 싶게."

달콤하다

북마녀 Tip! 타액이나 애액을 묘사할 때 쓰는 관용적 표현. 실제로 단맛이 있진 않지만 씬의 분위기를 위해 비약한 것이다. 해당 장면에서 체액을 삼키는 동작이 나오지 않더라도 쓸 수 있다. 정액 묘사로는 쓰지 않는다. '달다', '다디달다', '달큰하다' 등 같은 뜻의 유의어 모두 활용 가능하다. 다만, '달달하다'는 어감상 어울리지 않으므로 쓰지 않는 것을 권한다.

> 줄줄 흘러내리는 달콤한 애액을 쭙쭙 빨아 꿀꺽 삼켰다.

도드라지다

북마녀 Tip! 씬에서는 주로 유두가 볼록 올라온 모습을 묘사할 때 활용한다.

| 젖은 티셔츠 위로 정점이 도드라져 있었다.

도톰하다

북마녀 Tip! 작은 부위가 약간 볼록한 느낌을 표현한다. 음핵, 유두, 입술 묘사 시 활용할 것. 입술 묘사는 15금도 가능하다. 19금에선 '○○이 도톰했다'보다는 '도톰한 ○○'가 자연스럽다.

| 도톰하게 올라온 음핵을 손가락으로 문지르며 그가 속삭였다.

두툼하다

북마녀 Tip! '두껍다'와 같은 뜻이면서, 상대적으로 더 우아한 어감이 있다. 일반적으로 남주의 혀를 묘사하는 표현이고, 여주나 수의 혀는 '도톰하다'로 뉘앙스를 작게 만든다. 단, 떡대수는 제외다.

> 두툼한 혀가 입술을 가르고 들어와 도망치는 혀를 잡아챘다.

말갛다

북마녀 Tip! 투명한 느낌을 강조하는 표현으로, '맑다'보다 조금 더 문학적인 어감이 있다. 일반적으로 피부톤이나 눈빛을 묘사할 수 있고, 씬에서는 투명한 체액을 묘사할 때 쓴다. 얼굴이 아닌 다른 부위(예를 들어 엉덩이)를 묘사할 수는 없으니 주의할 것.

> 말간 선액이 요도구에 고였다가 기둥을 타고 흘러내렸다.

말랑하다

북마녀 Tip! 속살에 해당하는 부위의 부드럽고 차진 촉감을 묘사할 때 쓴다.

> 말랑한 가슴을 부드러운 손길로 쥐었다.

말캉하다

북마녀 Tip! '말랑하다'보다 더 강한 의미로 신체 부위 특히 점막이 있는 부위를 묘사할 때 주로 쓴다. '물컹하다'도 사실상 같은 뜻이다.

'말캉하다'가 여주를 묘사할 때 더 어울린다.

| 말캉한 혀를 낚아채자 야릇한 소리가 나기 시작했다.

먹음직스럽다

북마녀 Tip! 씬에서 가슴이나 엉덩이 등 살집이 있는 신체 부위의 묘사로 쓸 수 있으나 15금에서는 부담되는 뉘앙스라 안 쓰는 게 낫다.

| 잘 익어 먹음직스러운 가슴이 눈앞에서 흔들렸다.

메마르다

북마녀 Tip! 사전 애무 없이 억지로 삽입을 하려 할 때 구멍이 전혀 젖지 않은 상태를 표현한다. 강압적인 성관계일 때 활용하기 좋다.

| 잔뜩 긴장한 다리를 열고 메마른 입구에 그대로 좆을 쑤셔 넣었다.

몽롱하다

북마녀 Tip! 관계를 통해 체력을 모두 소진하여 의식이 어른어른 흐리멍덩해지는 상태를 의미한다.

> 계속되는 추삽질에 체력은 바닥난 지 오래였고, 정신도 점점 몽롱해졌다.

무자비하다

북마녀 Tip! 남주나 공의 거친 동작을 표현한다. 단어 자체가 딱히 야한 건 아니라 15금에 적절히 활용할 수 있다.

> 무자비한 손길로 속옷을 전부 벗겨내자 하얀 나신이 드러났다.

묵직하다

북마녀 Tip! 성적 흥분으로 슬슬 발기가 되고 있음을 에둘러 묘사할 때 쓴다. 단, 성기가 겉으로 드러났을 때 성기에 대한 묘사로 활용하는 건 어울리지 않는다.

> 아직 옷을 벗기지도 않았는데 아랫도리가 묵직해졌다.

물오르다

북마녀 Tip! 물기가 스며 올랐다는 뜻으로, 흥분으로 인하여 애액이 흘러나와 속살이 젖은 상황을 묘사한다. '물기 어리다'보다 좁은 개념이라, 눈물의 의미로 쓸 수 없다.

> 물오른 점막을 헤집던 손가락이 냉정하게 빠져나갔다.

뭉근하다

북마녀 Tip! 남성기를 완전히 삽입한 상태로 허리를 부드럽게 움직여 삽입감을 더 주는 모습. 앞뒤로 움직이는 피스톤 운동과는 달리, 뒤로 빠지는 몸짓이 덜하다. 일반적으로 '돌리다'와 결합하여 활용한다. 단어 자체는 15금이 가능하지만 문장 자체가 야하게 만들어지는 경우가 많아 위험하다.

> 페니스를 구멍에 뿌리 끝까지 쑤셔 넣은 채 빼지 않고 허리를 뭉근히 움직였다.

미끌거리다

북마녀 Tip! 신체 부위에 끈적이는 액체가 묻은 상황을 표현한다. 특히 애액 묘사에 아주 잘 어울린다. 정액이나 쿠퍼액도 가능하다. 욕실 씬의 피부 표현으로도 적당하다.

> 흘러내리는 애액으로 미끌거리는 허벅지 사이에 성기를 끼워 넣었다.

민감하다

북마녀 Tip! 자극에 쉽고 빠르게 반응을 보이는 경우 사용한다. 인물의 체질 자체에 쓸 수도 있고, 성감대에 해당하는 특정 부위를 정확하게 언급하지 않고 뭉뚱그릴 때 활용한다. '예민하다'도 유사한 의미이지만 성격에 더 가까운 뉘앙스이므로, 씬에는 '민감하다'가 더 어울린다.

> 민감한 곳이 건드려지자 나도 모르게 허리가 꺾였다.

반들거리다

북마녀 Tip! 표면이 매끄럽고 윤광이 흐르는 모습을 표현한다.

> 푹 젖은 나머지 반들거리는 속살에 얼굴을 처박고 싶었다.

방만하다

북마녀 Tip! 단어 자체는 15금도 충분히 가능하지만, 은밀한 신체 부위가 정확하게 나올 경우 야해 보여서 위험하므로 수위를 조절해야 한다.

> 두 다리가 방만하게 벌어져 젖은 밀부가 고스란히 드러났다.

버겁다

북마녀 Tip! 씬에서는 과하게 흥분한 남성의 움직임을 여주나 수가 힘들어할 때, 특히 구멍에 비해 들어가는 성기가 매우 크다는 것을 강조한다. '버거워하다'로 동사처럼 쓰는 것도 가능하다. 문장에

19금급 단어가 없다면 15금에서도 나올 수 있다.

> 무시무시한 페니스도, 난폭한 피스톤질도 그녀가 감당하기엔 버거웠다.

봉긋하다

북마녀 Tip! 원래 야한 뜻은 아니지만 여성 캐릭터의 부피 있는 가슴을 묘사할 때 주로 쓴다.

> 봉긋한 가슴이 유혹적으로 흔들렸다.

불순하다

북마녀 Tip! '난잡하다', '음란하다', '음탕하다' 등의 용도와 비슷하지만, 어감이 약하여 전체 등급에서도 무난하게 쓸 수 있다. 생각, 눈빛, 손길 등을 수식한다.

> 자꾸만 머릿속으로 밀려드는 불순한 장면에 머리를 휘휘 저었다.

비릿하다

북마녀 Tip! 정액의 냄새나 맛을 표현하며, 애액에는 절대로 쓰지 않는다. 또한 '비리다'로 결코 대체될 수 없다.

> 비릿한 정액의 맛이 입안을 점령했다.

빠듯하다

북마녀 Tip! 입술이나 구멍이 성기에 비해 작고 좁은 상황을 묘사한다. 꼭 '벌어지다'가 붙지 않아도 된다.

> 빠듯한 아래가 거대한 좆을 겨우겨우 삼켜냈다.

빡빡하다

북마녀 Tip! 인체의 구멍이 너무 좁고 늘어날 여유가 없어 보이는 모습을 묘사할 때 쓴다. 신체 부위를 적시하지 않으면 맥락 오해의 여지가 있어서 15금에 쓰기 힘들다.

> 지난밤 성기 끝까지 받아먹었던 기억이 생생한데 구멍은 아무 일도 없었다는 듯 빡빡하게 다물려 있었다.

빳빳하다

북마녀 Tip! 유두나 성기가 외부 자극이나 성적 흥분으로 인해 일어선 상황을 표현한다.

> 빳빳하게 일어선 유두를 일부러 쭙쭙 소리를 내며 흡입했다.

뻐근하다

북마녀 Tip! 움직이기 힘들 만큼 어느 부위에 뻑뻑한 통증이 있음을 의미한다. 씬에서는 발기의 시작을 알리는 표현이지만 15금에서는 조절해서 써야 한다. 여주나 수가 성관계 후에 느끼는 근육통을 표현할 수도 있다.

> 그는 아랫도리가 뻐근해져 오는 것을 느끼며 욕설을 내뱉었다.

뽀얗다

북마녀 Tip! 살갗이나 얼굴이 보기 좋게 하얗다는 뜻으로 하얀빛을 조금 더 강조하는 표현.

> 젖어 버린 옷감이 살갗에 달라붙어 뽀얀 속살이 드러났다.

뾰족하다

북마녀 Tip! 관계 시 유두를 묘사하는 표현. 실제로 끝이 날카로워지는 것은 아니지만 흥분하여 바짝 일어서 두드러지는 모습을 강조한 것이다. 신체 부위 지칭이 반드시 필요한 단어라 15금은 힘들다.

> 뾰족하게 솟아오른 젖꼭지를 허겁지겁 집어삼켰다.

사납다

북마녀 Tip! 특정 동작을 행하는 신체 부위를 형용하거나, 동사 자체의 거친 느낌을 강조할 수 있다.

> 남자의 사나운 혓바닥이 입술 새를 파고들어 벌렸다.

사악하다

북마녀 Tip! 사전적인 의미 그대로 쓰는 것은 아니며, 정숙하지 않고 음란하며 유혹적인 태도를 강조하는 표현이다.

> 사악한 손가락이 다리 사이를 훑더니 꽉 다물린 질벽을 갈랐다.

색스럽다

북마녀 Tip! 사전적 정의로는 다채롭다는 뜻에 가깝지만, 웹소설에서는 야해 보이는 이미지(표정, 소리, 동작 등)를 표현할 때 쓰인다.

| 붉고 도톰한 입술에서 색스러운 신음이 흘러나왔다.

수치스럽다

북마녀 Tip! '수치심'과 동일한 의미로 활용하되, 문장 성분이 다른 만큼 다른 구조로 쓸 것.

| 혀가 더 깊숙한 곳으로 들어오길 바라다니 수치스럽기 짝이 없었다.

습하다

북마녀 Tip! 완전히 물이 뚝뚝 떨어질 만큼 젖은 건 아니지만, 보송보송하지 않고 축축한 느낌이 든 상태를 뜻한다. 주로 흥분한 여성의 하체(속옷 안쪽) 상태를 묘사할 때 쓴다.

| 속옷 안은 이미 습해진 지 오래였다.

쓰라리다

북마녀 Tip! 성행위 후의 신체 컨디션을 설명한다. 피부나 내벽 등 거친 동작에 따라 상처가 난 상황을 묘사할 수 있다. 씬 도중보다는 씬 이후의 장면에서 쓰는 것이 편리하다. 꼭 강압적인 관계가 아니었더라도 사용 가능하다.

> 걸을 때마다 허벅지 안쪽이 쓰라려서 과연 의자에 앉을 수 있을지 의문이었다.

아슬아슬하다

북마녀 Tip! 두려울 만큼 위태롭고 조마조마한 상태를 뜻한다. 씬에서는 구도적으로 불안정한 체위 상태일 때 활용한다. 옷차림의 기장이나 옷감의 비침, 혹은 옷의 벗겨짐 정도를 설명할 수도 있다.

> 아슬아슬한 자세가 불안한 나머지 그의 몸에 꼭 매달렸다.

아찔하다

북마녀 Tip! 정신이 아득하고 어지러운 상태. 성관계 도중의 신체적인 반응을 묘사하기 좋다.

> 아찔한 쾌감이 그녀를 덮치며 눈앞이 흐릿해졌다.

야들야들하다

북마녀 Tip! '반들거리고 보드랍다'의 뜻으로, 촉촉하게 젖었으면서도 부드러운 질감의 뉘앙스가 더 강하다. 원래 음식이나 식재료에 쓰이는 표현이지만 씬에서는 속살 및 내벽의 촉감을 묘사한다. 대사로도 쓸 수 있다.

> 다시 쑤셔 넣자 구멍 안쪽 야들야들한 속살이 좆을 감싸왔다.

야릇하다

북마녀 Tip! 설명할 수 없이 묘하고 이상한 느낌. 눈빛이나 손길 등 인물의 동작에 넣을 수도 있고, 인물이 씬에서 느끼는 기분이나 감정을 표현할 수도 있다.

> 아래에서 야릇한 감각이 느껴지더니 급기야 속옷이 축축해졌다.

얼얼하다

북마녀 Tip! 강한 삽입 및 피스톤 운동, 스팽킹(때리기) 등 씬 도중의 즉각적인 통증, 성관계 이후의 따른 통증을 표현한다.

> 다리 사이에서 얼얼한 통증이 피어올랐다.

여유롭다

북마녀 Tip! '능숙하다'와 이어지는 표현. 성관계의 과정에서 느긋한 마음가짐이 동작에 드러나야 할 때 활용한다.

> 불안감에 떠는 그녀와는 달리 그는 여유로운 손길로 옷을 벗었다.

외설스럽다

북마녀 Tip! 성욕을 함부로 자극한다는 뜻이다. 야한 동작을 직접적으로 묘사하지 않고 15금으로 퉁치는 효과가 있다.

> 그가 허리를 움직여 들어올 때마다 외설스러운 소리가 자꾸만 흘러나왔다.

요란하다

북마녀 Tip! 관계 도중 나는 소리가 시끄러울 정도로 크게 들리는 상황을 뜻한다. 주로 살과 살이 맞부딪치는 소리를 표현한다. 헐떡임이나 신음, 비명에는 어울리지 않는다. 단, 제3자가 이야기할 땐 관계 도중 나는 모든 소리를 포함한다.

> "둘이 붙어먹는 소리가 아주 요란하던데?"

요망하다

북마녀 Tip! 해당 행동을 하는 주체가 아니라 상대 입장에서 바라보고 평가하는 표현이다. 사람을 홀리는 느낌으로 요사스럽다는 의미이지만, 반드시 악역에만 쓰는 건 아니다. 남주나 공의 입장에서 여주나 수에게 홀리고 헤어 나오지 못하는 느낌일 때 쓴다.

> 요망하게 요구하는 입술이 조금 전의 키스로 잔뜩 부풀어 있었다.

우악스럽다

북마녀 Tip! 거친 손길이나 동작을 묘사하는 표현. 보통 악역의 행동에 많이 사용하나, 씬에서 난폭해진 남주의 행동에도 쓸 수 있다.

> 우악스러운 손이 그녀의 턱을 붙잡고 억지로 입을 벌려냈다.

위태롭다

북마녀 Tip! 마음을 놓을 수 없을 만큼 위험한 느낌을 말한다. 물리적인 자세나 체위가 불안정할 때, 또는 인물이 감정적으로 불안할 때 활용한다.

> 위태롭게 매달려 덮쳐오는 입술을 받아냈다.

음란하다

북마녀 Tip! 15금에서 명확한 동작을 설명하지 않고 야한 분위기 혹은 그러한 동작을 하고 있다는 것을 암묵적으로 표현할 수 있다. 손길, 눈빛 등을 수식하는 것도 가능하다. 19금에선 대사에 넣어 더티 토크 용도로 활용한다.

> 지난밤 그렇게 음란하게 굴었던 나 자신이 몹시 수치스러웠다.

음탕하다

북마녀 Tip! 직접적인 수식어로서 활용하거나, 성관계에 몰입하고 있는 자신에게서 느끼는 배덕감을 은근히 설명할 수 있다. 상대에게 수치심을 주는 더티 토크로도 활용 가능하다.

> 개처럼 엎드려 그의 성기를 품고 있는 자신의 음탕한 모습이 거울에 그대로 비쳤다.

음험하다

북마녀 Tip! '음흉하다'의 유의어이지만, 어감상 '음흉하다'보다 성적인 느낌이 더 크다. 의외로 간악한 느낌이 적어서 남주의 행동을 묘사할 때도 어울린다.

> 음험한 손길이 슬그머니 아래로 움직여 사타구니 사이를 점령했다.

저릿하다

북마녀 Tip! 자극을 받아 실제로 저리고 아린 느낌이 있을 때 활용한다. 다만, 명확하게 '저리다'로 쓰지는 않는다.

> 그저 눈만 마주쳤는데도 아랫배가 저릿하고 속옷이 축축해지는 기분이었다.

저속하다

북마녀 Tip! 품위가 낮음을 뜻하며, 말투나 행동거지를 꾸며준다. 단, 구체적인 동사에 붙이기에는 좀 딱딱한 표현이라 '저속하게 핥았다'처럼 쓰는 것은 권장하지 않는다.

> 저속한 말투와는 달리, 다정한 손길이 속살을 살며시 어루만졌다.

저질스럽다

북마녀 Tip! 야한 동작을 자세하게 설명하지 않고 통칠 수 있는 표현.

| 그는 나와 단둘이 있을 때면 유난히 저질스럽게 굴었다.

적나라하다

북마녀 Tip! 발가벗은 상태를 의미하는 단어이며, 형용사로 써도 되고 부사로도 활용할 수 있다. 단, 은밀한 부위를 정확하게 적거나 음란한 맥락이 과할 경우 15금은 위험하다.

| 다리가 난잡하게 벌어져 속살이 적나라하게 드러났다.

절륜하다

북마녀 Tip! 성적 능력이 두드러지게 뛰어난 경우를 의미하며, 한마디로 오래, 연속으로 여러 번 사정까지의 행위가 가능하면서도 애무를 잘하여 다방면으로 상대를 만족시키는 경우를 말한다. 여주와 수는 섹스를 좋아하는 캐릭터여도 이 단어를 적용하지 않는다.

| 이 소설의 남주가 절륜하다는 건 이미 알고 있었지만, 이 정도일 줄이야.

조붓하다

북마녀 Tip! 조금 좁다는 뜻으로 구멍에 대한 묘사에 활용한다. 과거에는 거의 쓰이지 않았으나 최근 자주 쓰이는 유행 표현이다.

> 조붓하게 겨우 벌어진 구멍에 좆을 끝까지 넣는 건 무리였다.

진득하다

북마녀 Tip! '끈질기다'의 의미에 조금 더 눅눅한 어감이 추가된 표현. '집요하다'와 유사한 맥락이며, 훨씬 더 부드러운 애무에 가깝다. 손길, 눈빛을 묘사할 경우 15금도 가능하다.

> 한참 진득하게 젖꼭지를 빨아대던 그가 아래로 내려갔다.

질척이다/질척거리다

북마녀 Tip! 애액이 흘러나와 젖고 끈적이는 모습을 표현한다. 타액, 정액 묘사에는 어울리지 않는 편이다.

"손도 대지 않았는데 벌써 아랫입이 질척거리네?"

질편하다

북마녀 Tip! 19금에서 특정 신체 부위가 체액으로 질게 젖어 있는 상태를 표현할 때 쓴다. 분위기를 설명하기 위해 활용한다면 15금도 가능하다.

질편하게 젖어있던 구멍이 페니스를 잘도 삼켜댔다.

집요하다

북마녀 Tip! 같은 부위를 지속적으로 오래도록 애무하는 모습을 표현한다.

젖꼭지에 집착이라도 하는 듯이 집요하게 빨아당겼다.

짓궂다

북마녀 Tip! 장난기를 담아 해당 동작을 하는 모습일 때 활용한다. 각종 애무 및 삽입 등 씬의 모든 행위에서 쓸 수 있다. 단어 자체는 음란성이 높지 않다.

> 짓궂게 허릿짓을 하자 적나라한 소리가 방 안을 울렸다.

쫄깃하다

북마녀 Tip! 살짝 더티 토크에 해당하는 표현. 일반적으로 구멍 안쪽 내벽이 착 달라붙고 느낌이 좋을 때 넣는 상대가 쓰는 말이다. 단, 로맨스에서 여주를 대상으로 할 때는 문제가 될 수 있으므로 주의를 요한다.

> "씹…… 존나 쫄깃하게 조여대네."

찰지다/차지다

북마녀 Tip! 살의 촉감을 묘사할 때 쓴다. 가슴, 엉덩이 등 살집이 있는 부위에만 활용하고, 페니스에는 쓸 수 없다. '차지다'가 표준어이나 '찰지다'가 원말이라 허용한다.

> 하얗고 찰진 가슴이 손바닥에 꽉 달라붙었다.

탐스럽다

북마녀 Tip! 소유욕이 생길 만큼 끌린다는 뜻이다. 신체 부위 묘사시 여성의 가슴이나 엉덩이에 어울린다. 남성기는 크더라도 이 단어가 부적합하다.

> 탐스럽게 부푼 엉덩이를 저도 모르게 흔들고 있었다.

탱글탱글하다

북마녀 Tip! 신체 부위가 탱탱하고 둥글둥글한 모양일 때 묘사용으로 쓰는 표현. 가슴, 엉덩이, 입술에 어울린다. 의태어로 떼어 쓰진 않는다.

> 탱글탱글한 아랫입술을 엄지로 눌렀다가 그대로 입을 맞췄다.

토실토실하다

북마녀 Tip! 보기 좋을 정도로 살이 통통하게 찐 모습을 의미한다. 여성의 엉덩이나 허벅지를 묘사할 때 활용한다. 수의 경우 허벅지가 토실토실한 건 이상해 보일 수 있으므로 엉덩이에만 활용한다.

> 토실토실한 엉덩이를 움켜쥐고 잘게 박기 시작했다.

통통하다

북마녀 Tip! 애무나 삽입으로 인해 부어오른 은밀한 부위 즉 구멍이나 음핵 등의 상태를 표현할 수 있으나, 이는 15금에선 불가하다. 입술, 허벅지, 엉덩이 등 살집이 있는 부위는 등급 무관 묘사할 수 있지만, 가슴의 경우 주의가 필요하다.

> 통통하게 부은 음핵을 찾아 혀끝에 힘을 주어 뭉갰다.

포악하다

북마녀 Tip! 사납고 거친 태도를 강조하는 표현이며, 반드시 강압적인 관계를 의미하진 않는다. 엄청난 흥분 상태의 삽입 장면을 연출할 때 주로 쓴다.

> 짐승처럼 포악한 성기가 질구를 마구 들쑤시기 시작했다.

홧홧하다

북마녀 Tip! 달듯이 뜨겁다는 의미로, 격렬한 정사로 인한 통증이나 열기를 뜻한다. 특히 강한 피스톤 운동이 진행되면서 속살이 쓸린 상태를 묘사하기 좋다.

> 접합부에서 홧홧한 통증이 이어졌지만 그는 결코 좆을 뺄 생각이 없어 보였다.

흉물스럽다

북마녀 Tip! 커다란 성기가 발기한 상태일 때 극단적으로 왜곡하여 표현한다. 실제로 흉하고 괴상하다는 의미는 아니며, 상대 입장에서 너무 충격적인 크기라 놀라고 두려워하는 감정이 담겨 있다.

> 좁은 구멍 안에 흉물스러운 좆이 박혀 있었다.

흉포하다

북마녀 Tip! 성기의 외형을 구체적으로 묘사하지 않아도 독자가 이해할 수 있는 표현으로, 엄청나게 크다는 뜻이다. 물론 성기 부위를 적시하는 건 15금에선 불가하다. 남자 캐릭터가 상대를 압도하는 움직임을 보일 때도 활용 가능하다.

> 생전 처음 보는 흉포한 아랫도리에 그녀는 하얗게 질려 숨을 멈췄다.

흉흉하다

북마녀 Tip! 남성의 성기가 무서운 느낌이 들 정도로 크다는 것을 강조하는 표현.

> 드로어즈를 내리자 흉흉한 성기가 모습을 드러냈다.

흐물흐물하다

북마녀 Tip! 보통 '흐물흐물해지다'로 쓴다. 힘이 없어 늘어지는 상태를 의미하며, 진한 애무나 절정 이후의 몸 상태를 표현한다. 남주나 공의 상태로는 쓸 수 없다.

> 흐물흐물해진 몸을 남자가 그대로 들어 바닥에 눕혔다.

Part 6

그 외, 본능적으로 야한 품사들

이 파트에서는 분량이 많지는 않지만 곳곳에 배치되어 나름의 기능을 하는 품사들을 모아 보았다. 바로 명사, 관형사, 부사다. 이들은 지금까지 소개한 동사, 형용사, 관용구 및 단어 조합의 의미를 강조하여 성적인 분위기를 더욱 부추기는 역할을 하고, 때로는 뭉뚱그려 씬의 수위를 의도적으로 낮추는 역할을 하기도 한다.

씬의 문장에서 대다수의 명사는 신체 부위를 지칭하는 단어들이다. 그러나 씬의 분위기를 끌어올리고 인물의 상태를 상세히 묘사하기 위해서는 인물의 감정, 감각, 반응, 물리적 자극 등 다양한 명사들이 필요하다. 그리 많지는 않지만, 자주 쓰이는 단어들을 뽑아 정리했다.

관형사는 접미사 '~적'을 활용한 품사다. 이 파트에서 추린 단어들은 의미 자체는 강렬하되 그 의미를 구체적으로 드러내지는 않는 것들이다. 대놓고 이야기하지 않고 뭉뚱그리는 표현이지만 의미는 유지되기 때문에 섹텐을 유지하면서도 묘사의 수위를 확 낮추는 기능을 한다.

말하자면, 작가가 독자에게 'A가 B의 ○○를 ○○한 ○○로 ○○하게 ○○하고 있대!'라고 구구절절 알려주는 것이 아니라 'A가 B의 몸에 엄청나게 야한 짓을 하고 있어! 구체적인 건 알아서 상상해 봐!'라고 얘기하는 방식이다. 관형사를 전략적으로 써먹는다면 15금 씬을 아주 수월하게 진행할 수 있다. 거의 모든 관형사는 15금 검수에 문제되지 않는 표현들이다. 또한, 관형사는 동시에 형용사, 부사의 역할도 대신하며 어느 쪽 품사로 쓰이든 뜻도 씬에서의 기능도 동일하다.

부사는 독립적으로 야한 분위기를 이끌어내지는 못하는 품사다. 그러나 씬 장면에서 동작의 강도와 속도를 높이거나 낮추고 분위기를 거칠거나 부드럽게 조절하는 역할을 하기 때문에 이 역시 중요하다. 관형사와 마찬가지로 부사를 잘 활용하면 플랫폼의 검수팀 몰래 섹텐을 올릴 수 있다.

또한 한국어에는 소리를 표현하는 단어, 모양이나 움직임을 흉내내는 단어가 있다. 이를 각각 의성어, 의태어라고 한다. 의성어, 의태어로 분류되는 단어들 역시 부사의 위치에 배치되어 동작 표현에 생동감을 부여하고, 성적인 분위기가 고조될 수 있도록 적극적으로 돕는다.

다른 품사와는 달리, 씬에서 쓰지 못할 부사는 드물다. 한국어에서 존재하는 모든 부사를 자유롭게 써도 된다. 하지만 부사 중 의성어와 의태어는 특정 동작이나 반응에 찰떡같이 연결되는 관용적 조합이 존재하고, 씬에서 유용하게 쓰이는 경우도 한정적이다. 의성어와 의태어는 의미가 동일한 집합이어도 자음이나 모음 하나 차이로 느낌이 조금씩 달라지는 경우가 허다하므로 비교해 보고 쓰는 것이 좋다.

또한 한 문장과 한 문단에 의성어와 의태어의 수가 너무 많지 않도록 조절해야 한다. 의성어나 의태어를 썼을 때 효과적인 것은 사실이지만, 너무 자주 나오거나 반복될 경우 자칫 작가가 일부러 라임을 맞춘 듯 유치한 느낌이 들 수 있다.

감촉

북마녀 Tip! 외부의 자극이 피부에 닿는 감각, 즉 촉감을 유려하게 설명하는 단어. 손가락이나 입술, 혀의 자극에 잘 어울린다.

> 말캉한 감촉을 인지하자마자 목을 긁는 듯한 숨소리와 함께 입술이 붉은 속살에 내려앉았다.

교성

북마녀 Tip! '지르다', '흘리다' 등과 결합할 수 있다. 큰따옴표를 활용하여 신음을 따로 과하게 적지 않는다는 전제로 15금의 지문에서 쓸 수 있다.

> 교성을 지르며 손톱을 세워 남자의 등을 할퀴었다.

교접

북마녀 Tip! 성관계 자체를 의미하는 단어로, 반드시 삽입과 사정이 포함된 행위만을 말한다. 맥락상 과거에 진행된 성관계에서 펠라티오만 했거나, 애무에서 끝났다면 이 단어를 쓸 수 없다. '정사'와 동일한 의미이므로 혼용 가능하다. '교접' 자체는 동양풍에 가까운 표현이라, 현대풍과 서양풍에 어울리지 않는다.

> 경험 없는 여인으로서는 너무나 버거운 교접이었을 것이다.

마찰음

북마녀 Tip! 관계 시 두 사람의 신체 부위가 부딪히며 나는 소리. 형용사 혹은 의성어가 같이 들어가는 게 좋다.

> 허벅지와 엉덩이가 맞부딪치며 젖은 마찰음을 냈다.

만신창이

북마녀 Tip! 사전적 의미로는 '엉망으로 상처투성이가 된다'는 뜻이지만, 실제로 상처가 나는 건 아니다. 씬에서는 몹시 시달려 체력과 기력이 소진되고 볼품없는 상태가 되는 것을 비유적으로 이른 것.

> 밤새도록 그의 손아귀에 붙잡혀 만신창이처럼 들쑤셔졌다.

몽둥이

북마녀 Tip! 굵고 긴 남성기를 묘사할 때 비유하는 표현. 직접적으로 신체 부위를 대체하는 은유보다는 '처럼'이나 '같은'을 써서 직유로 쓰는 편이 낫다. 은유로 적더라도 15금에는 활용할 수 없다.

> 몽둥이처럼 무지막지하게 굵은 좆을 거칠게 쑤셔 넣었다.

배덕감

북마녀 Tip! 사회적으로 금기시되거나 부도덕한 짓을 할 때 드는 감정으로서, 죄책감과 쾌감이 혼합된 느낌이다.

> 해서는 안 될 짓을 하고 있다는 배덕감에 오히려 아래가 젖어 드는 기분이었다.

범벅

북마녀 Tip! 질척질척한 것이 몸에 잔뜩 묻은 상태를 비유적으로 이르는 단어. 씬에서는 체액이 신체 부위에 한가득 묻어 있는 모습을 묘사할 때 쓴다. 15금에서는 타액 외의 다른 체액을 설명할 수 없다.

> "내 좆물로 범벅이 된 꼴을 봐."

사정감

북마녀 Tip! 사정의 타이밍에 도달하여 사정할 것 같은 기분을 느끼는 장면에서 쓴다. 내벽이 너무 조여서 사정이 유도되는 경우에도 쓸 수 있으나, 이 경우에는 남주가 이 기분을 참고 씬이 계속 진행되어야 한다.

> 사정감이 차오른 남자가 구멍을 꽉 채우고 있던 기둥을 빼냈다.

살냄새/살 내음

북마녀 Tip! 맨몸의 피부에서 나는 냄새를 뜻하며, 인위적인 향수의 향은 포함되지 않는다. '살'이라는 말이 들어 있기 때문에 옷을 완전히 벗었거나 풀어헤치거나 벌어진 식으로 피부 냄새를 맡을 수 있는 상태일 때 더 어울린다. '체취'보다 부드러운 어감이다.

> 품에 안기자 남자의 진한 살 내음이 콧속으로 스며들었다.

살덩이

북마녀 Tip! 문장의 맥락에 따라 혀, 여성의 가슴, 남자의 성기를 지칭하는 표현.

> 입술 새를 가르고 침범한 살덩이가 마구잡이로 젖은 소리를 내며 점막을 빨아들였다.

성감

북마녀 Tip! 성교 시 느끼는 생리적인 쾌감을 말한다. 단어 자체가 적나라하진 않아서 15금에 슬며시 끼워 넣을 수도 있다.

| 성감을 주체하지 못한 나머지, 허벅지가 잘게 경련하고 있었다.

성감대

북마녀 Tip! 직접적으로 자극했을 때 성적 쾌감을 느끼는 신체 부위. 사람마다 유독 느끼는 부위가 다르다. 맥락상 15금에 쓰면 위험하다.

| 어디를 만져야 자지러지는지 알아낸 남자가 성감대를 집요하게 문질렀다.

손아귀

북마녀 Tip! '손'을 대체하는 표현으로 쓸 수 있으나 모든 '손'을 '손아귀'로 대체하는 것은 권장하지 않는다. 주로 힘이 세고 움직임이 거칠며 통제력이 강한 인물의 손을 설명할 때 쓴다. 즉 연약한 캐릭터의 손을 묘사할 땐 적합하지 않다.

| 힘을 다해 그를 밀어냈지만 커다란 손아귀에 너무나 쉽게 붙들렸다.

수치심

북마녀 Tip! 적나라한 스킨십 혹은 옷이 벗겨져 속살이 노출된 상황 등으로 인하여 부끄러움, 민망함 등의 기분을 느낄 때 쓴다. 이 단어와 함께 그에 따른 신체 반응을 함께 써 주는 것이 좋다.

> 수치심을 이기지 못하고 입술을 짓씹었다.

순흔

북마녀 Tip! '입술로 만든 흔적'이라는 뜻의 한자 조어. 사전에는 존재하지 않는 단어이지만 여성향 웹소설에서 자주 쓰는 표현이다. 한자어인 만큼 동양풍에 가장 잘 어울리고, 현대풍에서도 어색하진 않다. 단, 서양풍에서 쓰면 어울리지 않으니 대체 표현을 써야 한다.

> 목덜미며 가슴에 보란 듯이 순흔을 남겨 놓았다.

완력

북마녀 Tip! 육체적으로 억누르는 힘을 말한다. 강압적인 장면이 아니어도 어느 정도 흥분 상태에서 쓸 수 있다. 여공남수 설정이어도 여성의 힘으로 쓰기에는 어울리지 않는다.

> 남자가 억센 완력으로 위태롭게 흔들리던 여체를 붙들었다.

요분질

북마녀 Tip! 성교 시 삽입된 상태로 여자가 남자에게 쾌감을 주기 위해 아랫도리를 요리조리 놀리는 행위. BL에서 쓰는 것도 가능하다.

> 정신이 없는 와중에도 엉덩이를 들썩이며 요분질을 했다.

욕구불만

북마녀 Tip! 단어 자체가 야한 건 아니라 일반적인 장면에서도 쓸 수 있다.

> "이렇게 잘 느끼는 걸 보니 한참 욕구불만이었나 보네."

욕정

북마녀 Tip! 육체를 탐하고자 하는 성적인 욕구를 뜻하는 말. '욕망'보다 훨씬 명확하게 성적인 뉘앙스를 풍긴다.

> 제 안의 욕정을 그녀에게 고스란히 내보이는 것이 두려웠다.

음심

북마녀 Tip! 음란한 것을 즐기는 마음을 의미한다. 씬이 진행되는 과정에서는 어울리지 않고, '하고 싶은 마음'이나 '상상'을 언급할 때 활용한다.

> 당장이라도 벗겨서 제 아래 눕히고 싶은 음심을 이 순진한 여자가 알 리 없었다.

음욕

북마녀 Tip! 음란하고 방탕한 욕심. '욕정', '정욕' 등과 같은 의미이지만 현대풍에 썼을 때 어색할 수 있다. 동양풍에서만 쓰길 권한다.

음욕에 미치지 않고서야 이렇게 벗은 채로 남자를 찾아 돌아다닐 리가 없다.

이물감

북마녀 Tip! 몸 안쪽으로 자기 신체가 아닌 것이 들어왔을 때의 느낌을 표현할 때 쓴다. 입 안쪽보다는 주로 하체의 구멍에 무언가 삽입되는 상황에 활용한다. 손가락, 성기, 딜도 등 무엇이든 상관없다.

빠듯한 질구를 벌려가며 억지로 들어서는 이물감에 나는 온몸을 부들부들 떨었다.

접합부

북마녀 Tip! 삽입이 완료되었을 때 두 사람의 몸이 연결되는 부분.

한 치의 틈도 없이 이어진 접합부에서 찌걱거리며 물이 새어 나왔다.

정복감

북마녀 Tip! '정복욕'이 욕구라면, '정복감'은 그 욕구가 해갈된 상태를 말한다. 주로 씬의 후반부에 성욕이 채워질 때 활용된다. 그러나 꼭 후반부가 아니라 성관계의 시작이나 중간 단계에서 만족감이 들 때도 쓸 수 있다.

> 내벽 안에 탁액을 한가득 뿜어내고 나서야 정복감이 들었다.

정복욕

북마녀 Tip! 상대를 복종시키며 자신의 뜻을 이루려는 욕구. 이 단어가 별달리 음란한 기질을 띠지는 않지만, 씬에서는 인물이 욕정을 드러내면서 이에 따른 행동이나 눈빛이 등장할 때 활용한다.

> 정복욕이 가득한 손길로 무자비하게 옷을 벗겨냈다.

정염

북마녀 Tip! 불처럼 타오르는 욕정을 말한다. 성욕, 욕정과 같은 뜻이지만 어감상 덜 적나라하게, 더 문학적으로 에두른 표현.

| 새까만 눈동자 속에서 그녀를 향한 정염이 일렁였다.

정욕

북마녀 Tip! 글자 순서만 달라졌으나 어감상 '욕정'보다 직접적인 느낌이 덜하다.

| 보자마자 정욕이 끓어올라 치맛자락을 들출 수밖에 없었다.

젤

북마녀 Tip! 윤활제는 맞닿는 부분이나 구멍, 성기에 발라 마찰로 인한 통증을 줄이고 삽입을 도와주는 기능의 젤이나 오일류 제품을 말한다. 실제로 인물이 윤활제를 쓸 경우 '윤활제'라고 적시하진 않는다. 일반적으로 오일보다는 '젤'의 활용 빈도가 높다.

| 구멍에 치덕치덕 젤을 바른 다음 손가락으로 대충 쑤셔댔다.

족쇄

북마녀 Tip! 일종의 구속구처럼 몸을 움직이지 못하도록 제압하는 상황을 비유적으로 표현한다. 물론 스토리 설정상 이 물건을 실제로 쓰기도 한다.

> 두 손목을 족쇄처럼 결박한 채 격렬하게 치받았다.

종마

북마녀 Tip! 씨를 받기 위하여 기르는 말을 뜻하는 단어. 씬에서 남주의 절륜한 능력을 강조하기 위해 쓸 수 있다. 때로는 남자가 자괴감이 들어 자학하는 뉘앙스로 자신을 종마로 표현할 수도 있다. 사전적으로는 '종마'에 씨암말도 포함되지만 여성이나 수를 이렇게 묘사하진 않는다.

> 남자는 종마라도 된 것처럼 거칠고 난폭하게 움직였다.

체향

북마녀 Tip! '살냄새'를 한자로 표현한 합성어. 사전에 등재되지 않은 표현이지만 여성향 웹소설에서 자주 볼 수 있다. 이 역시 인위적인 향수의 향은 포함하지 않는다. '살냄새' 또는 '살 내음'과는 달리 옷을 벗지 않더라도 거리가 가깝거나 몸이 맞붙었을 때 써도 어색하지 않다.

> 하얀 목에 깊숙이 얼굴을 묻고 체향을 독점하듯 들이마셨다.

흥분감

북마녀 Tip! 성적으로 자극을 받아 흥분한 상태. '쾌감'과 비슷한 맥락이면서, 더 적극적이고 능동적인 뉘앙스가 있다.

> 흥분감에 깨물고 만 입술에서 핏물이 새어 나왔다.

강압적

북마녀 Tip! 강제로 누르는 방식으로 어떤 행동을 할 때 쓴다. '억압적'도 유의어이기는 하나 어감상 씬에는 어울리지 않는다.

> 강압적인 키스에 속수무책으로 당할 수밖에 없었다.

굴욕적

북마녀 Tip! 캐릭터 설정상 서로 동등한 관계가 아닐 때 활용하기 좋다. 물론 딱히 권력관계가 작용하지 않더라도 무릎을 꿇거나 후배위 등 각종 자세에 덧붙이면 효과적이다.

> 굴욕적인 자세로 엎드리게 하고 몇 번이나 그녀를 가졌다.

노골적

북마녀 Tip! 숨김없이 있는 그대로 드러낸다는 의미. 동작뿐만 아니라 면전에 대고 성적인 이야기를 하는 경우에도 쓸 수 있다. 씬에서 어떤 동작이든 꾸며주면서 독자가 알아서 상상하게 하는 표현.

> 혀의 노골적인 움직임에 정신을 차릴 수 없었다.

말초적

북마녀 Tip! 말초신경만을 자극한다는 뜻으로, 사실상 '육체적'과 같은 의미다. 강한 성적 자극이 있을 때 활용한다.

> 말초적인 본능이 단전에서 올라오며 양물이 빳빳해졌다.

반사적

북마녀 Tip! 인물이 무의식적으로 어떤 반응이나 동작을 하게 될 때 활용한다.

> 강한 자극에 반사적으로 다리를 오므렸지만 보지를 빨아대는 그의 얼굴을 허벅지로 조인 꼴이 되고 말았다.

본능적

북마녀 Tip! 애무에 반응하는 무의식적인 리액션, 혹은 피하거나 거부하는 동작에 활용하면 좋다.

> 본능적으로 물러서는 그녀의 허리를 잡아채 아랫도리를 문댔다.

색정적

북마녀 Tip! 눈빛이나 자세, 태도, 분위기를 야한 느낌으로 묘사할 수 있다. 문장 속 동작이 과하게 야하지 않다는 전제로 15금도 가능하다.

> 다리를 활짝 벌린 채 넣어주길 기다리는 자태가 색정적이었다.

압도적

북마녀 Tip! 남성기의 크기를 묘사할 때 쓴다. 다른 방식으로 쓸 땐 15금에 가능하지만 성기 묘사는 불가하다.

> 밴드를 내리자 압도적인 크기를 자랑하는 성기가 모습을 드러냈다.

원색적

북마녀 Tip! 인물의 대사가 더티 토크일 경우 활용한다. 표현이 강하고 노골적이라는 의미이기 때문에 동작에는 그다지 어울리지 않는다.

> 그의 입술에서 아무렇지 않게 흘러나오는 원색적인 말에 얼굴이 확확 달아오르고 말았다.

집착적

북마녀 Tip! 씬에서는 어떤 부위를 지속적으로 애무하거나 매달리는 느낌일 때 쓴다. 어감상 행동 주체의 광기를 표현한다.

집착적으로 물고 빨아댄 바람에 옷에 스칠 때마다 유두가 쓰라렸다.

충동적

북마녀 Tip! 저도 모르게 하는 것이 아니라 분명한 의지에 의해 하는 행동이지만, 이것이 순간적인 욕구가 갑자기 일어나 하는 상황일 때 활용한다. 급작스러우면서 용기가 필요한 동작에 써먹으면 임팩트가 생긴다.

충동적으로 입을 벌려 눈앞의 귀두를 삼켰다.

폭력적

북마녀 Tip! 거칠고 사납게 달려드는 느낌으로 진행되는 스킨십을 설명하는 표현. 뜻은 강하지만 뭉뚱그린 표현이라 15금에서도 무리 없다. 맥락에 따라 정말 폭력을 쓰는 장면에서 활용할 수도 있으나, 실제로 폭력이 들어가지 않을 때도 쓸 수 있다.

폭력적인 키스가 이어지며 남자의 팔이 그녀를 옥죄었다.

강제로

북마녀 Tip! 명사 '강제'의 활용형이며, 명사 자체로는 잘 쓰지 않는다. 같은 의미여도 '강제적'은 소설적인 표현으로 어울리지 않는다. 15금에서 써도 무방한 단어이지만, 등급이 낮을 경우 심하게 강압적인 상황을 연출해서는 안 된다.

> 머리 위로 두 팔을 잡아 고정하고 강제로 입을 맞췄다.

깊숙이

북마녀 Tip! '깊이'보다 더 정도가 심한 느낌을 살린 표현.

> 사내가 낭창한 허리를 붙잡고 남근을 더 깊숙이 쑤셔 박았다.

단번에

북마녀 Tip! '한 번에'와 같은 뜻이며, '한 번에'보다 훨씬 더 문학적인 어감이다. 조심스럽고 느린 움직임이 아니라 1회의 움직임으로 거칠고 빠르게 삽입해 버리는 모습을 표현할 때 쓴다.

> 좆을 뒤로 물렸다가 단번에 박아 넣자 아래에서 새된 비명이 들려왔다.

마구잡이로

북마녀 Tip! 명사 '마구잡이'의 활용형이며, 명사만으로는 쓰이지 않는다. 닥치는 대로 마구 어떤 동작을 한다는 뜻이다.

> 마구잡이로 쑤셔 박았다가는 이 좁디좁은 질구가 찢어지고 말 것이다.

발딱

북마녀 Tip! 특정 부위가 갑자기 솟거나 서는 모양을 표현. 주로 유두나 음핵이 흥분으로 인해 팽창한 상황에 쓴다. 남성기가 발기했을 때도 쓸 수는 있으나 비교적 조그만 것이 일어선 이미지라 큰 성기를 가진 인물에겐 어울리지 않을 수 있다.

| 하얀 가슴 가운데에 붉어진 젖꼭지가 발딱 솟아 있었다.

사정없이/인정사정없이

북마녀 Tip! ‘사정없이’도 가능하지만 ‘인정사정없이’가 더 강렬하고 거칠어 보인다.

| 인정사정없이 몰아치는 허릿짓에 눈앞이 흔들려 아무 생각도 할 수 없었다.

양껏

북마녀 Tip! ‘한껏’과 비슷한 의미로서, ‘양’의 의미를 더하여 강조한 표현. 가슴 등 손에 쥘 수 있는 살덩이나 체액에 대한 묘사에 활용할 수 있다.

| 그녀의 젖가슴을 양껏 움켜쥔 채 달콤한 체향을 들이마셨다.

엉망으로

북마녀 Tip! 난잡하게 마구 움직인다는 의미로 씬의 동작에 격렬한 느낌을 부여한다.

> 안을 엉망으로 휘저으며 그 조그만 머리로 아무 생각도 하지 못하게 할 것이다.

예고 없이

북마녀 Tip! 행위를 당하는 상대 입장에서 예상치 못한 갑작스러운 동작을 의미한다. 거친 움직임의 뉘앙스가 있다.

> 예고 없이 침입한 손가락이 천천히 구부러지며 스팟을 자극했다.

욕심껏

북마녀 Tip! 특정 동작을 하고 싶은 만큼 충분히 했음을 표현한다. 손과 혀의 동작에 주로 쓴다.

> 욕심껏 젖꼭지를 빨아대고 나서야 그녀를 품에서 놔 주었다.

은근하게

북마녀 Tip! 야한 동사에 붙일 경우, 살짝 힘을 뺀 채로 살며시, 그러나 상대의 반응을 지켜보는 듯한 의미가 있다. 거칠고 난폭한 관계나 동작에는 어울리지 않는다.

> 아이스크림을 맛보기라도 하는 것처럼 목덜미를 혀끝으로 은근하게 핥아 올렸다.

정신없이

북마녀 Tip! 흥분도가 너무 높아 앞뒤를 생각할 여유가 없는 상태로 특정 동작을 할 때 쓴다. 일반적으로 피스톤 운동 단계에서 쓰지만, 상황에 따라 애무 단계에서도 활용 가능하다. '정신이 나간 듯'으로 풀어 쓸 수도 있다.

> 그녀의 몸을 옭아매고서 정신없이 허리를 털어댔다.

지그시

북마녀 Tip! '누르다', '물다' 등과 결합하여 살짝 힘을 주어 특정 동작을 하는 느낌을 살린다. 입이나 손가락의 애무 장면에서 활용하기 좋다. 씬의 도입부에서 유혹을 위한 눈빛이나 동작에도 활용할 수 있다.

> 굵직한 기둥이 촉촉한 날갯살을 지그시 누르며 압박해 왔다.

착실하게

북마녀 Tip! 마음과는 달리 몸이 애무에 흥분하는 상황. '착실하게 반응하다'가 근 몇 년 사이 유행하는 표현이며, '반응하다'는 다른 동사로 얼마든지 변경해도 좋다.

> 폭력적으로 휘둘리면서도 몸은 착실하게 반응하고 있었다.

꽉꽉

북마녀 Tip! 씬에서 구멍 안쪽으로 들어온 성기나 손가락에 내벽이 달라붙음과 동시에 구멍 입구가 좁은 상황을 설명할 때 쓴다. 인물이 스스로 하는 것이 아니라 저도 모르게 혹은 그냥 해당 부위가 작고 좁아서 어쩔 수 없이 일어나는 일이다. 보통 '물다'나 '조이다'에 붙여 활용한다. '꽉'은 어감상 치아로 무는 느낌이 강하므로 분리해서 쓰는 편이 낫다.

> "이렇게 꽉꽉 물어 대면서 박히기 싫다고?"

꾸역꾸역

북마녀 Tip! 부담스러울 정도로 한꺼번에 많이 넣고 씹는 모양. 씬에서는 버거울 정도로 큰 성기를 구멍이나 입으로 겨우 받아내는 모습을 연출한다.

> 고통스러워하면서도 눈앞의 커다란 좆을 꾸역꾸역 전부 삼켰다.

왈칵

북마녀 Tip! 여성의 애액이 많은 양으로 나올 때 강조하는 표현이다. 남성의 정액에는 어울리지 않는다.

> 다리 사이로 끈적한 무언가 왈칵 터져 나와 흘러내렸다.

울컥울컥

북마녀 Tip! 신체 내부에서 체액이 계속 다량으로 나오는 모습. 단, 쿠퍼액을 이 단어로 표현하진 않는다. 주로 여성의 애액이나 남성의 사정 묘사에서 활용한다.

> 굵은 성기가 울컥울컥 구멍 안쪽 깊이 정액을 토해냈다.

움찔움찔

북마녀 Tip! 단순히 몸을 움찔거리는 모습을 표현할 땐 15금에서 문제없지만, 구멍의 개폐를 묘사한다면 음란성이 높아진다.

| 벌어졌던 애널이 움찔움찔 오므라들며 다시 좁아졌다.

잘근잘근

북마녀 Tip! 살점을 가볍게 자꾸 씹는 동작을 설명할 때 활용한다. 큰 부위보다는 상대적으로 작은 부위에 쓰는 것이 더 어울린다. 즉, 엉덩이나 가슴보다는 유두나 목덜미 등에 적합하다.

| 유두를 잘근잘근 깨물리며 자극당하자 비음이 절로 새어 나왔다.

쪽

북마녀 Tip! 일반적으로 소리를 일부러 내는 입맞춤(버드키스)을 의미하는 의성어. 하지만 완전히 빨아들이는 동작에서도 쓸 수 있기 때문에 씬에 더욱 유용하다.

| 붉은 입술이 귀두를 쪽 빨고 떨어져 나갔다.

쫍쫍/쫍/쫍

북마녀 Tip! 입으로 빨아들이는 동작을 강조하는 표현으로 잇달아 여러 번 빨 때 쓴다. 때로는 '쫍', '쫍'으로 한 글자만 적어서 일회성으로 빠는 동작을 표현할 수도 있다.

> 뭐라도 나올 것처럼 유두를 물고 쫍쫍 빨았다.

찌걱찌걱

북마녀 Tip! 원래 나무문이나 바퀴가 움직일 때 나는 소리를 의미한다. 그러나 어감상 물기를 포함하는 느낌이 있다 보니 웹소설에서는 피스톤 운동 시 살과 살이 부딪히며 나는 젖은 소리를 묘사할 때 사용한다. BL에서 젤을 이용한 상황에서도 쓸 수 있다.

> 촉촉해진 음부에 좆이 들어갔다 빠질 때마다 찌걱찌걱 젖은 소리가 났다.

찰박찰박

북마녀 Tip! 체액이 가득 고인 구멍에 성기나 손가락이 드나들 때 나는 소리. BL에서 젤을 이용한 상황에서도 쓸 수 있다. '철벅철벅'에 비해 구멍이 더 작게 느껴진다.

> 좆을 박을 때마다 접합부에서 찰박찰박 물소리가 나고 있었다.

찰싹

북마녀 Tip! 씬에서 엉덩이나 가슴을 때릴 때 나는 소리다. '철썩'보다 살살 때린 느낌이다. 15금에서 관계 중 애무를 위해 상대를 때리는 행위를 쓰는 건 위험할 수 있다.

> 엉덩이를 찰싹 내려치자 몽글몽글한 엉덩이가 금방 발개졌다.

척척

북마녀 Tip! 젖은 것이 살에 닿아서 차갑고도 끈기 있는 느낌을 의미하는 '척척하다'의 어근. 이를 활용한 의태어임과 동시에 발음 자체로 소리를 표현하는 의성어의 기능까지 한다. 피스톤 운동 시 젖은 살이 닿아 나는 소리를 표현한다.

음낭이 척척 소리를 내며 회음부를 쳐댔다.

철벅철벅

북마녀 Tip! 피스톤 운동 시 성기가 거칠게 들고날 때 나는 소리. 살과 살이 맞닿는 소리와 함께 체액 때문에 물기가 있는 소리가 함께 나는 것을 뜻한다. '철버덕철버덕'의 준말이지만 원형으로는 잘 쓰지 않는다. '철벅'으로 한 번만 적을 수 없다.

젖은 성기가 철벅철벅 야한 소리를 내며 좁은 구멍을 채웠다가 빠져나갔다.

철썩철썩

북마녀 Tip! 피스톤 운동 시 계속 나는 소리를 표현한다. '찰싹찰싹'보다 거센 느낌이면서 그보다 조금 더 끈적이는 뉘앙스가 강하다. '철썩'으로 한 번만 쓰면 피스톤 운동의 의미가 사라지니 주의할 것.

절로 흔들며 삽입을 종용하는 엉덩이를 붙잡고 철썩철썩 부딪쳤다.

촉

북마녀 Tip! 입술을 댔다가 떨어질 때 나는 젖은 소리. '춥'이나 '촙'에 비해 스킨십의 강도가 약해 보이고, 부드러운 느낌이 있다. 상대의 신체 부위가 반드시 입술이 아니어도 되지만, 15금에서는 신체 부위 지칭을 조절해야 한다.

> 촉, 하고 젖은 소리를 내며 입술이 떨어져 나갔다.

춥/촙

북마녀 Tip! 입술을 댔다가 떨어질 때 나는 젖은 소리를 뜻한다. '촉'보다 아주 약간 야한 느낌이 가미되어 있다.

> 음핵을 머금었던 입술이 춥 소리를 내며 빨아당겼다.

치덕치덕

북마녀 Tip! 체액이나 젤을 몸에 바르는 상황에 쓰는 의태어다. 15금에서는 나올 수 없는 동작이다.

그는 내 구멍 안팎으로 정액을 치덕치덕 바르는 데 열중했다.

쿵쿵

북마녀 Tip! 크고 묵직한 존재가 잇따라 부딪쳐 나는 소리. 격렬하게 몸을 부딪치는 피스톤 운동 장면에서 쓴다.

아이 주먹만 한 귀두가 자궁구를 쿵쿵 찧어댔다.

턱턱

북마녀 Tip! 피스톤 운동 시 몸이 맞닿는 소리로서, 조금 둔탁한 느낌을 주는 표현이다. 씬에서 숨이 막히는 느낌으로도 활용할 수 있으나, 같은 단어를 너무 다양한 의미로 섞어서 쓰지는 말 것. '탁탁'은 쓰지 않는다.

장골이 턱턱 부딪쳐 올 때마다 내벽이 가득 차다 못해 배가 부푸는 느낌이었다.

톡톡

북마녀 Tip! 혀끝이나 손끝으로 잇따라 해당 부위를 건드리는 동작. 비교적 작은 동작이라 남성기로 건드리는 경우는 포함되지 않는다.

> 발갛게 부푼 음핵을 혀끝으로 톡톡 쳐대다가 한입에 물었다.

퉁퉁

북마녀 Tip! 신체 부위가 자극을 받아 붓거나 부풀어서 두드러진 느낌이 들 때 쓴다. 보통 '붓다', '부어오르다'와 결합한다.

> 젖꼭지가 퉁퉁 붓도록 괴롭히고는 만족한 얼굴로 내려갔다.

푹푹

북마녀 Tip! '쑤시다', '박다' 등 삽입 및 피스톤 운동 묘사 때 쓰는 표현. '푹'은 한 번의 삽입 개념인 반면, '푹푹'은 들고나는 피스톤 운동이 진행되는 상황을 뜻한다. 맥락이 다르므로 구별하여 써야 한다.

| 난잡하게 푹푹 쑤셔대며 그가 흡족하게 웃었다.

할짝할짝

북마녀 Tip! 혀끝으로 가볍게 살짝 여러 번 핥는 모양이다. '핥다'를 강조하되 깊게 천천히 빨아들이는 뜻을 포함하지 않는다.

| 붉은 혀로 그녀의 젖꼭지를 할짝할짝 핥아댔다.

에필로그

작가의 정력이 주인공의 정력이다

자, 여기까지 왔다면 여러분은 웹소설 씬에 들어갈 수 있는 웬만한 표현을 습득한 것이다. 어쩌면 단어 스펙트럼이 넓어졌다는 생각에 자신감이 충만해져 있을지도 모르겠다. 책에서 알맞은 단어들을 골라 적재적소에 배치하면 되니까 말이다. 그러나 스스로 단어를 떠올리지 않고 사전에만 의존하면, 절대적인 필력이 결코 늘지 않고 섹텐이 끊기니 속필이 힘들다.

《억대 연봉 부르는 웹소설 작가수업》,《북마녀의 시크릿 단어 사전》에서 내내 강조했듯이 쓰지 않는 사람의 뇌는 단어를 기억하지 못한다. '아는 단어'는 '쓸 수 있는 단어'가 아니다. 19금 웹소설을 그렇게 많이 읽어도 그 단어들이 원고 쓸 때 나오지 않는 이유가 바로 이것이다.

'아는 단어'가 '쓸 수 있는 단어' 집합으로 재배치되려면 반드시 쓰는 작업이 지속적으로 병행되어야 한다. 이 단어들을 일상생활에서 말로 써먹을 것도 아니고, 원고에서도 일반적인 장면에서 쓸 일은 거의 없다. 때문에 씬을 꾸준히 써야 그 재배치가 이루어질 것이다. 이 사전을 들춰보지 않아도 되는 타이밍이 바로 그 순간이다.

이쯤에서 본문에서 언급하지 못한 아주 중요하고도 현실적인 조언을 몇 가지 덧붙이려 한다.

첫째, 문장력이 받쳐줘야 섹텐이 유지된다

제자들에게 문장력의 중요성을 항상 강조한다. 많은 지망생이 기본적인 문장력을 갖추지 못한 상태에서 웹소설 집필에 도전하기 때문이다. 웹소설을 만만하게 보지 마라. 비문투성이에 맞춤법과 띄어쓰기가 엉망이고 전혀 어울리지 않는 자리에 잘못된 단어를 넣은 원고는 웹소설 독자들의 비웃음을 살 뿐이다.

웹소설 시장 전체에서 가장 문장력을 따지는 독자들이 바로 19금 BL, 19금 로맨스, 19금 로판을 보는 독자들이다. 15금 중심의 장르에서 대체로 짧은 문장이 권유된다면, 19금은 비교적 문장이 길고 미사여구가 좀 있어도 된다. 이 말인즉슨, 문장력이 받쳐주지 못한다면 19금에서 비문이 나오고 잘못된 단어를 선택할 가능성이 훨씬 높아진다는 뜻이다.

기본 중의 기본, 문장력이 제대로 받쳐 주지 않는데 씬을 잘 쓴다는 건 실상 불가능하다. 아무리 야한 표현, 야한 동작을 적어준들 비문 범벅인 씬이 독자들의 가슴을 울릴 수 있을까? 읽으면서 군데군데 턱턱 걸리는 글에 몰입이 될 리가 없다. 신음 한 문장, 조사 하나 이상하게 쓰여서 섹텐이 식었다고 리뷰를 올리는 집단이 바로 여성향 19금 독자층이다.

웹소설은 분명히 대중문학이다. 그중에서도 19금 독자는 아주 잘 쓴 글을 원한다. 어떤 의미에서는 오히려 19금 독자들이 순문학에 가까운 표현력을 원한다고도 볼 수 있다.

문장력이 약하다면 지금은 씬의 수위를 고민할 때가 아니다. 문장을 남이 이해하기 쉽게 쓸 수 있도록 문장력을 키우는 게 우선이다. 이것이 선행되어야만 15금을 쓰든 19금을 쓰든 웹소설 작가로 성공할 수 있다.

둘째, 음란마귀가 나, 내가 음란마귀 본체라고 생각하라

인터넷 게시판에서 과도하게 야한 생각을 하는 사람에 관해 비판할 때 '일상생활 가능한가?'라는 말이 나올 때가 있다. 이 정도까지는 아니더라도 어느 정도는 일상생활에서, 또는 각종 문화생활을 하면서도 야한 상상의 날개를 펼치는 걸 습관으로 만들 필요가 있다. 머릿속이 언제나 유교걸 상태이다가 갑자기 씬을 써야 한다고 없는 정력을 짜낸다면 과연 음란마귀가 깨어날 수 있을까?

농담으로 하는 소리가 아니다. 머릿속을 음란마귀가 지배하고 있어야 자판기처럼 편안하게 19금을 뽑아낼 수 있고 자유자재로 씬이 나온다.

마지막으로, 건강한 신체에 건강한 음란마귀가 깃든다

씬을 쓰다 보면 기가 빨리고 당이 급격히 떨어지는 경험을 하게 될 것이다. 씬 집필은 기운을 빼는 작업이다. 작가 자신의 정력을 쓰게 되기 때문이다. 절식 다이어트를 하거나 끼니를 굶어가면서 꾸금을 쓰는 건 거의 불가능하다. 기력이 쇠했거나 졸린 상태로 씬을 쓰는 것도 불가능하다.

혈당 스파이크가 왔다가 뚝 떨어지는 달콤한 디저트보다는 건강한 식생활을 하되 특히 단백질을 잘 보충하라. 그리고 체력을 길러 변강쇠를 능가할 음란마귀의 정력을 만들어라.

작가의 정력이 남주의 정력이요, 집착광공의 정력이다.

특히 여성 작가들은 대체로 생리 주기에 따라 19금을 쓰고 싶은 욕구가 들쑥날쑥하게 된다. 보통 배란기에 정욕이 들끓고 씬을 쓰고 싶어진다. 독자들도 잘 쓰인 19금 작품을 '배란기용 작품'이라고 말할 때가 있다. 그러나 쓰고 싶을 때만 쓴다면 언제 완결을 칠 것인가. 365일 배란기라는 기분으로 섹텐을 유지해야 꾸준히 19금 작품을 쓰고 이름을 날릴 수 있다.

그야말로 절륜한 작가의 손에서 절륜한 주인공이 탄생하는 것이다. 작가가 A4 한 장 쓰면 지치는 조루인데 주인공을 절륜한 모습으로 만드는 건 불가능하다.

마음속의 음란마귀를 깨웠고 먹이까지 줬다면 이제는 작가라는 직업인으로서 절륜해지는 것이 목표가 되어야 한다. 그 절륜함이 집필에도 적용되어《북마녀의 19금 웹소설 단어 사전》을 소장한 모든 분들이 쉬지 않고 또 지치지 않고 타오르는 정력으로 원고를 쓸 수 있길 바란다.

부디 절륜해진 작가님의 책장에 이 책이 딱 보이게 꽂혀 있길.

— 창작 멘토 북마녀

북마녀의
19금 웹소설
단어 사전

초판 1쇄 발행 2023년 5월 22일

지은이 북마녀 **펴낸이** 박성인

책임편집 강하나
마케팅 김멜리띠나 **경영관리** 김일환 **디자인** 데시그 이하나

펴낸곳 허들링북스
출판등록 2020년 3월 27일 제2020-000036호
주소 서울시 강서구 공항대로 219, 3층 309-1호(마곡동, 센테니아)
전화 02-2668-9692 **팩스** 02-2668-9693 **이메일** contents@huddlingbooks.com

ISBN 979-11-91505-29-0 (03800)